너무 매운 감자

김현

소설집

너무 매운 감자

차 례

아마폴라가 피기까지

물수건을 꽉 짜서 화분 앞으로 다가갔다. 무성하게 벌어진 가지를 한손에 잡고 수미는 조심스레 잎에 묻은 먼지를 닦아냈다. 손이 지나간 잎들은 금방 돋아 난 새순처럼 파랗게 반짝거렸다. 수미는 마치 갓난아기를 안거나 죽은 사람에게 수의를 입힐 때처럼 조심스레 천천히 손을 움직였다. 금낭화는 꽃이 필 시기가 다 되었는데도 아직 봉우리도 맺지 않고 있었다. 남편이 살아 있을 때는 때가 되면 어김없이 새순이 돋고 꽃을 피웠는데 지금은 그렇지 않았다. 꽃을 피울 기미도 보이지 않는 화초를 볼 때마다 수미는 식물도 저를 아껴주는 주인 앞에서만 최선을 다하는가 하는 생각을 했다. 하얀 꽃이 피면 거실이 온통 구름에 둘러싸인 것처럼 몽환적인 분위기가 된다. 특히 봉우리가 활짝 피기 전 맺히는 하트 모양의 꼬리는 볼수록 앙증맞고 귀엽다. 꽃이 핀 모습을 상상하는 수미가 피식 웃었다. 꽃을 기다리는 자신이 조금은 어이없고 생경했다.

수미의 남편이 화분을 사들이기 시작한 지는 죽기 훨씬 전부터였다. 추운 겨울 퇴근길에 시클라멘을 사들고 온 것을 시초로 시도 때도 없이 화분을 들여놨다. 흰색과 붉은색 금낭화 화분 2개를 사왔을 때는 속으로 귀찮다는 생각이 들었다. 지금 있는 것만 해도 넘칠 지경인데 어쩌자고 또 사들이나 싶어서였다. 수미의 눈치를 살피던 남편은 화분을 어디에다 둬야 할지 몰라 이 방 저 방을 동동거리고 다녔다. 결국엔 베란다 끝 구석진 곳에 숨기듯 가져다 놓았다. 남편은 각양각색의 꽃들로 베란다를 꽉 채우고도 모자라 거실까지 화분들로 채웠다. 수미의 남편은 자주 "바싹 말라 있다가도 이렇게 싹이 나고 꽃이 피는 걸 보면 죽음이 끝이 아니라는 생각이 들어." 하고 말했다. 그때는 남편의 몸속에 암 덩어리가 있는 줄 아무도 몰랐다. 자기 몸이 아픈지도 모르고 꽃 한 송이가 피고 지는 것에 그렇게 마음을 썼던 것일까.

수미는 잎을 닦아낸 수건을 빨아서 널고 안방으로 들어와 서랍을 열었다. 서랍장 위에 남편과 수미가 양쪽에 서고 아들과 딸이 나란히 앉은 사진이 놓여 있었다.

남편이 죽기 두 달 전에 찍은 사진이었다. 사진 속의 남편은 세월이 흘러도 더 이상 나이를 먹지 않는다. 살이 빠져서 두 볼이 쏙 들어간 남편의 얼굴은 창백하고 초췌해 보였다. 독한 항암제 탓에 정수리 부근은 머리카락이 듬성듬성 빠져 있어서 더 초라했다. 얼굴에 비해 활짝 벌린 입술 사이로 드러난 하얀 치아가 너무 건강해보여서 오히려 어색하게 느껴졌다. 수미는 한참 동안 들여다보다가 사진틀 테두리를 손으로 쓱 닦아 내고 다시 올려놓았다.

수미가 돋보기를 끼고 서랍에서 꺼낸 여권을 펼쳤다. 유효기간이 10년인 여권은 아직 한 개의 도장도 없이 깨끗했다. 산티아고 여행을 위해 태어나서 처음 만든 것이었다.

남편은 살아생전 단 한 번도 해외여행을 하지 않았다. 당연히 수미도 다른 세상을 구경할 기회가 없었다. 캐리어를 끌고 나가는 옆집 부부를 보고 수미의 남편은 쓸데없이 달러를 낭비하며 허영을 부린다고 비난했다. 남편이 그럴 때마다 수미는 목이 조이는 것 같은 답답함을 느꼈다.

수미가 여권을 어루만지며 마치 누군가가 앞에 있기라도 한 듯 "갈수 있을 거야. 아니, 꼭 가야지." 하고 힘주어 말했다.

산티아고 트레킹을 결심한 것은 남편을 떠나보내고 나서였다. 아침에 눈을 뜨면 문득 자신이 딴 세상에 와 있는 것 같은 착각이 들었다. 콩 자루를 쏟아 놓은 것처럼 헬 수 없이 많아진 시간을 어떻게 처리해야 할지 막막하기만 했다. 익숙한 것들로부터 달랑 혼자 떨어져 나온 것 같은, 두 손을 묶고 있던 끈이 갑자기 풀어져버린 기분 같기도 했다.

아무것도 할 일이 없었고 뭘 해야 할지 알 수 없었다. 우두커니 창밖을 바라보다가 화분에 물을 주고 나면 또 할 일이 없었다. 가끔 아들과 딸이 찾아왔지만 별다른 대화를 하지도 않았고 자식들도 대개는 인사를 나누기 바쁘게 돌아갔다. 수미가 나이 든 만큼 자식들도 이미 어른이 되어 있었고 그만큼 해야 할 일들이 많았다.

시간이 어떻게 가는지 알 수 없었지만 그래도 느리게 시간은 흘렀다. 그러다 어느 날 텔레비전에서 산티아고를 순례하는 사람들을 보게 되었다.

걷는 것만이 생의 목표인 듯 무거운 짐을 지고 묵묵히 걷는 사람들의 모습은 경이롭고 인상적이었다. 40분 정도 방영되는 프로그램이었는데 마치 브라운관 속으로 빨려 들어갈 것처럼 몰입이 되었다. 시간이 어떻게 가는지 모를 만큼 수미를 끌어당긴 것은 사람들의 표정이었다. 설핏 무심한 것처럼 보였지만 자세히 보면 그들은 고통을 견뎌 본 사람만이 지을 수 있는 표정을 하고 있었다. 욕망을 걷어낸, 오직 자신만을 성찰하는 모습이었다.

"길은 아픔을 치유하는 복원력이 있어요."

"처음엔 아무 생각 없이 걸었는데 걷다 보니 보이지 않던 것들이 조금씩 보이는 것 같아요."

파란 눈의 남자와 어린 아이처럼 몸집이 작은 동양 여자가 고해성사를 하듯 말했다. 뒤로는 붉은 아마폴라 꽃이 무리지어 피어 있었다. 지천으로 핀 아마폴라는 마치 석양 무렵의 해처럼 강렬하고 장엄했다.

그들의 발자국을 따라가는 수미의 눈에 자주 노란 화살표가 나타났다. 그러고 보니 어디로 가라는 설명도 없는 길을 사람들은 오직 노란 표지에 의지에서 걷고 있었다. 그 끝에 무엇이 기다리고 있을지는 염려하지 않는 듯 했다. 누구든 길을 몰라도 화살표가 가리키는 대로 걷다 보면 어느새 그들이 가고자 했던 목적지에 가닿았다. 그들 각자의 생애에서 가장 진지하고 엄숙한 지점을 지나는 중일 터였다.

예수의 열 두 제자 중 한 사람인 야고보가 잠들어 있는 곳. 산티아고를 찾아가는 그들은 모두 닮은 얼굴을 하고 있었다. 화면을 바라보고 있는 수미의 가슴에 잔잔한 파동이 일기 시작했다. 오랫동안 기다려왔지만 그것이 무엇인지 구체적으로 찾지 못했던 것을 비로소 발견해낸 기분이었다.

수미가 저도 모르게 두 손을 꽉 잡았다. 심장이 파동치고 붉은 피가 다시 온몸을 휘저었다. 동시에 맹렬한 식욕이 느껴졌다. 이른 새벽이었는데 두 공기나 되는 밥을 양푼에 비벼서 다 먹었다.

다음날부터 수미는 산티아고행을 위한 준비를 차근차근 해나갔다. 수미가 가장 먼저 한 일은 집 앞에서 이어지는 산책로를 하루도 빠지지 않고 2시간씩 걷는 것이었다. 그뿐만 아니었다. 제법 먼 시장에 가거나 웬만큼 짐이 있어도 차를 타지 않았고 가급적이면 걷는 쪽을 택했다. 지리산을 종주할 때는 다리에 힘을 기르기 위해 발에 모래주머니를 차고 걸었다. 처음엔 모래의 무게 때문에 서너 발자국을 떼기도 힘이 들었지만 포기하지 않고 조금씩 하다 보니 어느 순간 무게를 느끼지 않고 걸을 수 있었다. 지난해에는 제주도까지 걸어서 한 바퀴 돌았다. 이제 준비는 다 되었고 출발만 남았다.

읽고 있던 책을 덮고 자리에서 일어났다. 딸하고 만나기로 한 약속이 기억나서였다. 오후에는 명희 집을 방문하기로 했다. 명희한테는 가야지 가야지 하면서도 차일피일 미루다 보니 시간이 지체되고 말았다. 어제 또 전화를 해서 안 오느냐고 닦달을 하는 터라 더는 미룰 수가 없을 것 같았다. 예전 같으면 하루가 멀다고 만나서 영화보고 밥먹고 차 마시는 일을 했을 텐데 명희가 재혼하고부터 그럴 수 없게 되었다. 오늘도 같이 오고 싶어 했는데 오지 못했다. 같이 할 수 없게 된 일은 도서관 말고도 셀 수 없이 많아졌다. 목욕이나 영화관 가기는 물론이고 여행은 아예 엄두도 내지 못했다. 재혼한 남편이 늘 같이 있기를 바라기 때문이었다. 그런데도 신혼 재미에 빠져 있는 명희는 아직 갑갑하다는 말은 하지 않았다. 그런 명희를 볼 때마다 수미는 납득하기 어려웠다. 구속을 감내할 만큼 사랑하는 걸까? 그 감정은 존중한다 해도 수미는 결코 결혼이라는 제도 속으로 다시 들어가고 싶은 마음은 없었다.

수미는 오른손으로 스테인리스 바를 잡고 몸을 살짝 옆으로 틀어 발을 내려놓았다. 옆구리가 시큰했다. 열심히 운동을 하고 있지만 노화는 거역할 수 없는 현실이었다. 주위의 친구들을 봐도 그렇다. 힐을 포기한 지는 벌써 오래되었고 아래위로 나온 살을 감추느라 옷은 늘 펑퍼짐한 박스형만 골라 입는다. 머리는 약속이나 한 듯 브로콜리 모양이고 쌍둥이들처럼 눈썹 문신을 하고 있다. 만나면 쏟아 놓는 이야기의 내용은 하나같이 어디 아픈 데는 무슨 음식이 좋고 무릎 수술은 어디 병원이 잘한다는 식이다. 마지막에는 언제나 치매가 얼마나 무섭고 잔인한 병인지 확인하는 것으로 끝이 났다. 수미도 행주를 냉장고에 넣거나 휴대폰을 텔레비전에 들이대고 누른 적도 있다. 금방 아니라는 것을 알았지만 그 순간에는 얼마나 당혹스럽고 놀랐는지 모른다. 그렇다 해도 수미는 나이에 함몰되어 아무 것도 하지 않고 주저앉아 무력하게 살고 싶지는 않았다.

수미는 허리 뒤로 돌아가 있는 숄더백을 고쳐 매고 다시 바를 잡았다. 금속성의 차가운 냉기가 손바닥을 거쳐 팔꿈치까지 느껴졌다. 잠깐 선 채로 격렬하게 두 손을 비볐다.

매번 내려갈 때마다 느끼는 거지만 예술적인 외용에 비해 계단이 너무 가파르다. 도서관 자료실과 연결된 엘리베이터는 올라갈 때만 사용할 수 있게 되어 있었다. 노약자용 엘리베이터를 사용하지 않는 이유는 번번이 안내원에게 부탁해야 하는 번거로움도 있었지만 그보다는 걷는 편이 훨씬 좋아서였다. 가능하면 대중교통을 이용하고 웬만하면 걸어 다녔다. 걷는 일는 수미의 즐거움이다. 화가 나도 걷고 행복해도 걷고 고민이 있을 때도 걷는다. 건강을 위해서도 최고의 운동이었다.

녹색등이 켜지는 순간 수미는 재빨리 횡단보도를 건너 붉은색의 보도블록 위로 올라섰다. 신호가 바뀌고 차들이 옆으로 달려갔다. 황토색의 승합차 배기통에서 흘러나온 검은 연기가 안개처럼 도로를 메웠다. 앞서가던 노인이 고개를 숙이고 기침을 했다.

카페 안은 한산했다. 중년의 남자와 여자가 창가에 앉아 이야기를 하고 있었다. 딸은 카페라테를 시키고 수미는 아메리카노를 주문했다. 진동 벨을 받아 들고 두 사람은 안락의자가 있는 구석 자리로 갔다.

유리벽 밖에 팔짱을 낀 노부부가 지나가고 있었다. 두 사람은 아주 재미난 이야기를 하고 있는지 서로의 얼굴을 마주보며 소리 내어 웃었다. 손으로 입을 막고 웃는 여자의 빨간색 손톱이 조개껍질처럼 매초롬했다. 두 사람을 바라보는 수미의 얼굴에 얼핏 회한 같은 표정이 서렸다. 수미가 노부부를 향한 눈을 그대로 둔 채 천천히 손을 뻗어 찻잔을 입으로 가져갔다. 딸은 며칠째 감기로 고생하고 있다며 연신 코를 흠흠거렸다. 화장기 없는 창백한 안색이 피곤해 보였다. 그러고 보니 딸도 벌써 불혹을 넘긴 나이였다. 귀밑에 언뜻언뜻 새치가 보였다.

수미가 전화로 '산티아고' 여행을 간다는 말을 했을 때 딸은 바쁜 일이 있다며 만나서 이야기하자는 말을 하고 끊었다. 딸에게서 아무런 연락이 없는 동안 수미는 산티아고 순례행을 결정하고 여행사를 통해 예약까지 해두었다. 이제는 딸과 아들이 어떤 말로 말려도 되돌릴 수 없게 되었고 또 되돌리고 싶지 않았다.

"엄마 말 듣고 저도 알아볼 만큼 알아봤는데 아무래도 그만 두시는 게 좋을 것 같아요. 지금 날씨가 우리나라 5월달 정도라니까 그런대로 괜찮겠지만 한 달 동안을 하루에 적어도 20km 이상을 걸어야 한다는데 어떻게 견디겠어요. 아무리 엄마가 건강에는 자신 있다 하지만 그래도 노인이에요. 그리고 엄마도 자료를 찾아보셨겠지만 가볍게 덤벼들었다가 큰 낭패를 보는 사람이 한둘이 아니래요. 부상도 잘 당한대요. 가장 큰 위험요소는 엄마의 나이에요."

차에는 손도 대지 않고 딸은 대뜸 안 된다는 말부터 쏟아냈다. 눈가에 눈물까지 그렁그렁 단 얼굴은 제발 진심을 알아달라는 표정이었다.

"네 뜻은 충분히 알겠어."

진정으로 걱정하는 딸의 마음은 이해되었지만 수미는 계획을 취소하지는 않을 생각이었다. 얼마나 오랫동안 준비해온 여행인데. 남편이 떠나고 나서부터 수미는 남은 시간은 지금까지와는 다르게 살겠다고 다짐했다.

"그런데 너는 내가 왜 거기를 가려고 하는지 생각해봤니?"

"그야 누구의 간섭도 받지 않고 자유롭게 훌훌 날아다니고 싶어서 겠죠. 엄마의 심정은 이해되지만 왜 하필 지금이냐는 거죠. 이왕 가시려면 좀 더 일찍 가셨어야죠."

수미의 마음을 몰라주는 딸이 야속했지만 대놓고 화를 낼 수는 없었다. 수미를 이해하기에 딸은 너무 젊었다. 그리고 모른다. 여행을 결정해 놓고 수미는 며칠이나 잠을 이루지 못했다. 하루에도 몇 번씩 미지의 세계에 대한 기대와 두려움으로 마음이 오락가락했다. 자신이 무모한 모험에 도전하는 것은 아닌지 점검하고 또 고민했다. 그런 끝에 내린 결정이었다.

"지금이 늦었다고 생각하지는 않아. 그동안 이런저런 이유로 미뤄 왔는데 이제는 더 미루면 못할 거 같아서 그래. 네 말대로 나는 지금도 늙어 가고 있으니까."

말을 하는 수미의 목소리가 물에 잠기듯 가라앉았다. 수미의 마음이 돌아설 기미를 보이지 않자 낭패해 하는 딸의 얼굴이 일그러졌다.

"엄마가 그렇게 결정하셨다면 어쩔 수 없죠. 제발 무사하게 다녀오세요."

딸은 체념한 듯 한숨을 내쉬었다.

큰길을 벗어나 골목으로 들어가자 시장의 첫머리 지점에 주영그릇 간판이 보였다. 유리문 앞에는 생활 자기들과 주물 용기들이 진열되어 있었다. 주인의 성정대로 반듯하고 정갈했다. 가게 안에 들어서자 주영이 달려 나와 안을 듯 두 팔을 벌리고 수미를 반겼다. 뒤로 묶어 내린 머리가 어느새 반백으로 물들어 있었다.

"선생님 어서 오세요. 오랜만에 뵈어요."

"그래요. 그동안 별일은 없고?"

"또, 요라고 하신다. 그렇게 말씀 놓으시라고 해도 참."

"아, 내가 또 그랬나? 내가 원래 누구에게나 말을 잘 놓지 못해서 그러네요."

"그래도, 저는 누구나가 아니죠. 선생님 제자잖아요."

"제자는 무슨…. 같이 나이 먹어 가는 마당에."

"아무리 나이 들어도 선생님은 저의 영원한 스승님이시죠."

말을 하며 주영이 수미의 허리를 감싸 안았다. 기분 좋은 느낌이었다.

"그러고 보니 참 세월이 많이 흘렀어요. 선생님."

수미가 주영을 만난 건 대학 2학년 때였다. 당시에는 초등학교를 졸업하고 중학교에 진학하지 못하는 아이들이 부지기수였다. 중학교에 가지 못한 남자 아이들은 기술을 배울 수 있는 공장이나 가게의 점원으로 들어갔다. 여자들도 별반 다름없이 봉제공장 아니면 아기를 봐주는 남의집살이를 했다. 관공서의 사환은 그나마 나은 직장이었다. 그랬기에 당연히 학교교육을 받을 기회가 없었다. 그런 아이들을 위해 야학인 재건 중학교가 생겼고 수미의 친구인 명희는 대학에 입학하고부터 봉사하고 있었다. 학생들은 초등학교를 졸업하고 이미 몇 년씩 사회생활을 한 아이들이라 교사들과 나이 차가 크지 않았다. 남학생들은 턱밑에 수염이 거뭇거뭇하고 여학생들은 완연한 숙녀 티가 났다. 드물게 학교를 다니다 결혼하는 여학생들도 있었다.

　수미와 주영도 교사와 학생의 관계였지만 실제 나이차는 대여섯 살 정도였다. 수미는 고등학교 친구였던 명희의 권유로 대학 2학년 때부터 합류하게 되었다. 재건 학교는 저녁 7시부터 4시간 동안 진행되었다. 학교가 끝나면 신촌에서 구로동까지 버스를 타고 가서 수업을 하고 다시 집이 있는 삼성동에 가면 한밤중인데다 몸은 파김치가 되었다. 그래도 아이들의 초롱초롱한 눈망울을 떠올리면 힘이 났다. 그런 연유로 대학을 졸업하고 음악교사가 된 뒤에도 재건학교에 계속 나갔다. 결혼 후에도 지속하려 했지만 남편의 심한 반대로 그만 둘 수밖에 없었다. 성악이 전공이었던 수미는 음악과목을 맡았다. 수업은 이론과 가창 등으로 이루어졌는데 가끔 그 시대에 유행했던 팝송을 가르쳐주기도 했다. 비틀스의 'Yesterday'와 자니 허튼의 'All for the love of a girl'은 아이들이 가장 좋아하는 애창곡이었다. 그때의 기억 덕분인지 주영은 지금도 수미를 만나면 가끔 'Yesterday'를 읊조리곤 한다.

　학생들 중에 주영은 유난히 눈이 맑고 심성이 고운 아이였다. 성적도 매우 좋았다. 하루 종일 실밥을 뜯고 재봉틀을 돌리느라 피곤할 텐데도 수업시간에 조는 법이 없었다.

"선생님, 요즘도 복지관에서 가곡 부르기 봉사 계속하세요?"

"아직 건강하니까 할 수 있을 때까지 해야죠. 보람도 있고."

"하여튼 선생님 열정은 아무도 못 말린다니까요. 복지관에 오시는 어르신들도 많이 좋아하시죠?"

"그분들도 좋아 하시지만 사실은 제가 더 좋아서 하는 걸요."

수미의 말은 진심이었다. 자신이 가진 달란트를 누군가에게 나누어 주는 행위는 자존감을 높여줄 뿐 만 아니라 쳇바퀴 같은 일상의 활력이고 기쁨이었다. 그 때가 언제이든 할 수 있을 때까지 할 작정이었다.

"정말 뵐 때마다 존경스러워요. 저도 선생님처럼 나이 들고 싶어요."

주영이 존경과 애정이 담긴 표정으로 수미를 바라보았다.

"민망하게 존경은 무슨, 그건 그렇고 커피잔 아주 예쁜 걸로 한 세트 골라줘봐요."

"어디 선물하시게요?"

"친구 집에 가는데 가져가려구요."

"친구, 혹시 재혼하셨다는 명희 선생님 말씀 아니세요?

"눈치하고는, 저기 공원 앞에 멍석 깔아야 되겠네."

"제가 선생님 친구 분들이 어떤 분들인지 대강은 알고 있잖아요. 선물까지 챙긴다니 명희 선생님일 거라 싶어서요. 참, 그런데 수술한 거는 괜찮으신 거죠?"

명희는 지금의 남편과 재혼하기 전 유방암 수술을 했다. 교재하고 있는 동안에 암을 발견했고 남편은 투병기간 내내 정성으로 간호했다. 초기에 발견해서 수술도 잘되고 회복도 순조로웠지만 명희는 한동안 우울상태에서 놓여나지 못했다. 늦은 나이에 하는 재혼이라 해도 신부될 여자의 암수술은 간단한 사건은 아니었다. 남편의 헌신적인 보살핌과 인내가 없었다면 두 사람은 헤어졌을지도 모른다. 병든 몸으로 결혼할 수 없다는 명희를 달래고 설득해서 간신히 조촐한 예식을 할 수 있었다. 결혼식 날에는 신부의 얼굴이 너무 꺼칠해서 수미의 마음을 아프게 했다.

아담한 중식당에서 치러진 결혼식 축하객 중에 가족 아닌 사람은 유일하게 수미뿐이었다. 그날 수미는 명희가 던져주는 부케를 받았다. 하객이 가족들뿐이기도 했지만 명희가 수미에게 꼭 주고 싶다며 받아달라고 간청했다. 계면쩍은 기분에 어찌할 줄 몰라 하며 서 있는 수미에게 명희가 두 팔을 높이 올리고 부케를 던졌다. 절대 받을 수 없다고 버티던 수미가 엉겁결에 달려가 부케를 받아 안았고 동시에 하객들이 웃으며 박수를 쳤다. 저도 모르게 수미의 얼굴이 붉어졌다. 그날 집에 돌아와서 늦은 밤까지 수미는 잠을 이루지 못했다. 씁쓸하기도 하고 설레는 것 같기도 한 묘한 기분이었다.

"저도 재혼하셨다는 소식은 들었는데 식장에 가보지는 못했어요. 그런데 참, 명희 선생님도 용기가 대단하세요."

"왜요? 나이 땜에?"

"사실 그렇잖아요."

"하긴, 일흔세 살이 적은 나이는 아니죠. 그렇지만 옛날하고는 많이 달라졌잖아. 요샌 백세시대라는 말도 있고."

"아무튼 대단하세요. 저는 못 할 것 같아요."

"마음먹기 나름이지. 남은 시간이 얼마냐가 중요한 게 아니라 남은 시간을 얼마만큼 행복하게 사는가가 중요한 거 아니겠어요? 그런 의미에서 본다면 명희는 아주 용기 있는 결단을 했지. 두 사람이 진심으로 서로를 아끼고 사랑하는데 그거면 된 거 아니겠어요?"

"하긴 그렇기도 하네요. 그럼, 선생님도 재혼하시지요."

"나? 나는 지금 이대로가 좋아."

"왜요. 명희 선생님 재혼해서 사시는 모습 보기 좋다면서요. 그럼 당장 재혼은 안 하셔도 친구는 있으세요?"

"친구는 있지. 요즘 젊은이들 말대로 남자 사람친구."

말을 해놓고 보니 민우를 만나지 못한 지 벌써 한 달이나 되었다. 허리 디스크 수술을 하고 집에서 요양 중인데 가보지 못했다. 입원 중일 때는 가끔 문병을 갔지만 퇴원하고 나서는 보지 못했다. 아들과 며느리에 손자, 손녀까지 같이 살고 있는데 찾아가기가 선뜻 내키지 않아서였다. 며칠 전 통화 중에 이제는 거의 회복이 되어서 다음 주쯤에는 외출이 가능할 것 같다고 하며 보고 싶다고 너스레를 떨었다. 목소리가 밝아서 그나마 안심이 되었다.

가곡 부르기 강좌에 서너 명의 남자 수강생이 있었는데 민우는 그들 중 한 명이었다. 친구로 지내온 지 벌써 3년쯤 되었다. 민우는 건강한 정신과 너그러운 마음의 소유자다. 언젠가 민우가 친구에서 연인이 되면 어떻겠느냐고 은근히 자신의 속마음을 비쳤다. 수미도 이미 예견하고 있던 말이었다. 그러나 수미는 민우의 제안을 완곡하게 거절했다. 민우는 자상하고 인격적인 좋은 사람이었지만 더 이상의 관계로 들어가고 싶지 않았다. 민우를 향한 수미의 감정은 우정일 뿐이었다.

주영이 커피 잔을 가지러 간 사이 수미는 그릇들을 구경했다. 공기와 대접과 볼들이 다양했다. 접시만 해도 담는 음식에 따라 셀 수 없이 많은 종류가 있었다. 요리를 좋아하는 수미는 한때 그릇 모으는 것이 취미이기도 했다. 정성껏 만든 음식을 우아한 그릇에 담아 식탁에 올릴 때는 정말 행복했다. 눈이 휘둥그레지며 좋아하는 식구들의 반응은 또 얼마나 신나던지. 그릇들에 눈을 둔 채 생각에 잠기던 수미의 얼굴에 일순 그늘이 졌다. 이제는 식탁에 앉아 수미가 내오는 음식을 기다리는 식구도 없다. 당연히 그릇을 사들일 이유도 없다. 식구들의 웃음소리와 이야기로 북적거리던 때와는 달리 수미 혼자 맞이하는 단출한 식탁은 초라하지는 않지만 조용하고 조금 쓸쓸하다. 시끌벅적한 분위기에서 식사해본 지가 언젠지 까마득하기만 했다. 수미가 크리스털 와인 잔을 들고 마시는 시늉을 하다 도로 내려놓았다. 와인은 수미가 잠이 오지 않을 때 가끔씩 마시는 수면제 대용이었다. 아무리 깊은 겨울밤에도 반 잔쯤 마시면 긴장이 풀리고 몸이 나른해지면서 어느새 잠이 왔다.

"선생님, 이건 어떠세요. 마음에 드실 만한 것들로 몇 개 가져왔어요. 보시고 고르세요."

주영은 흰 바탕에 장미 문양이 있는 것과 전체가 푸른색인 잔, 그리고 두세 개의 세트를 더 펼쳐 놓았다. 모두 나름대로의 특징과 장점이 있는 물건들이었다. 수미는 꼼꼼하게 살펴보고 나서 흰 바탕에 파란색 줄이 있는 걸로 골랐다. 뭐든 단순한 것을 좋아하는 명희의 취향에 맞을 것 같았다.

"그리고 이건 제가 선물하는 거예요. 늦었지만 축하드린다고 전해주시고 갖다 드리세요."

주영이 조금 전 수미가 만져 보았던 와인 잔을 꺼내 놓았다. 꽤 값이 나가는 브랜드였다. 맑고 투명한 크리스털이 조명을 받아 은비늘처럼 반짝거렸다.

"전해주긴 하겠지만 이렇게까지 무리할 필요는 없는데 어쩌죠?"

주영의 마음 씀씀이에 수미가 마치 자기가 선물을 받기라도 한 듯 고마워하며 인사를 했다.

"명희 선생님 댁에 좋은 거 많이 있겠지만 그래도 제 마음이에요. 두 분이 와인 한잔씩 하시면서 분위기 내시고 오래 오래 행복하시라구요."

주영이 마지막 음절에 힘을 주며 익살맞게 눈을 찡긋했다.

"어서 와. 오느라 힘들지 않았어?"

"택시가 집 앞까지 데려다주는데 뭐. 근데 혼자야?"

"응, 딸 집에 갔어. 여행 갔다 오면서 아빠 점퍼를 사왔다고 가져가라나봐."

"네 건 없고?"

"나야 뭐, 아직 서로 챙길 만큼 가까워지지는 않았잖아."

"그래도 그렇지. 새엄마도 엄마는 엄만데."

"괜찮아, 우리 애들도 아직 그 사람한테 서먹서먹해 하는데 할 수 없지. 시간이 해결해줄 거야. 그래도 대놓고 싫은 기색은 안 하니 그 것만 해도 고마운 거지."

명희의 집은 신혼 냄새가 났다. 벽에는 두 사람이 한복 차림으로 웃고 있는 대형 사진이 걸렸고 가구와 살림살이가 모두 새것이었다. 결혼식을 치르고 살림을 합칠 때 각자 쓰던 물건들은 가져오지 않기로 합의했다고 했다. 옛날 물건을 보면 옛 생각이 떠오를 테니 깨끗하게 버리고 새롭게 시작하자는 뜻이었다. 주방기구들도 모두 방금 들여놓은 것처럼 반질거렸다. 그야말로 고소한 깨 볶는 냄새가 나는 것 같았다.

명희는 수미의 손을 잡고 주방으로 들어갔다. 수미를 식탁에 앉게 하고 페퍼민트 차와 과일을 내왔다.

"응, 지난번 건강검진에서 위염이 좀 심하다고 해서. 카페인이 안 좋대서 조심하고 있거든. 너는 그럼 커피 줄까?"

허브차를 보고 수미가 의아해하자 명희가 설명했다.

"괜찮아. 위염 말고 다른 건 문제없지?"

"문제없어."

"신혼 재미는 어때? 행복하지?"

"행복해. 왜 좀 더 일찍 만나지 못했을까 싶어. 우리 두 사람에게 남은 시간이 많지 않다는 생각 때문에 더 애틋해. 미안해 수미야 나만 이렇게 행복해서. 너도 더 늦기 전에 좋은 분 만났으면 좋겠는데……."

그럴 이유가 없는데도 명희가 수미 앞으로 찻잔을 밀어주며 미안해했다.

수미도 결혼을 고려해본 사람이 있었다. 오래전 일이다. 남편이 투병 끝에 생을 마감하고 얼마 지나지 않은 시기였다. 퇴직 교사들의 모임이 있었는데 거기서 처음 발령지에서 같이 근무했던 그를 만났다. 그는 오래전에 아내와 사별한 상태였다. 수미보다 한 살 위였는데 아담한 키에다 마른 체형에 비해 손과 발이 큰 사람이었다. 처음엔 반갑다는 느낌뿐이었다. 그러다 정말 거짓말처럼 두세 번 서점이나 영화관 앞에서 조우했고 그럴 때마다 차를 마시거나 밥을 먹기도 했다. 양쪽 다 배우자가 없다는 사실이 두 사람의 마음을 움직이게 했다. 그는 젊은 시절의 패기나 활력은 줄었지만 대신 넉넉하고 온건한데다 무엇보다 사람을 아낄 줄 알았다. 어떤 상황에서도 수미의 의견을 먼저 존중하고 배려해주었다. 남편에게서는 찾아볼 수 없었던 모습이었다.

남편과 사는 동안 수미는 늘 자신이 우리에 갇힌 새나 가축 같다는 생각이 들었다. 겉으로 보기에 남편은 매우 모범적인데다 성실하고 바른 사람이었다. 아무리 몸이 아파도 결근을 하거나 조퇴를 하는 경우는 없었다. 반면에 자신이 알고 있는 것이 정답이라는 생각과 함께 수미를 비롯한 온 가족들에게도 자신만의 규칙을 강요했다. 가령 가족들이 외식을 하러 식당에 가서도 아이들이나 수미에게 뭘 먹고 싶은지 물어보지 않았다. 자신이 좋아하는 메뉴를 가족 수대로 시키면 그만이었다. 수미는 자주 남편이 엄한 아버지나 기숙사의 사감 같다는 생각이 들었다. 남편이 외출하는 것을 좋아하지 않는다는 것을 알기에 수미는 늘 집안에서만 지냈다. 드물게 외출을 해도 일이 끝나기 바쁘게 서둘러 집으로 달려오곤 했다. 남편이 주먹을 휘두른 적은 없었지만 수미는 자주 누군가에게 매를 맞고 있는 기분에 휩싸이곤 했다.

　그를 만나면 화롯가나 온수 속에 누워 있는 것처럼 따뜻하고 평안했다. 그는 곤란하거나 어색해지면 고개를 숙이고 소년처럼 웃었는데 그럴 때마다 수미의 마음이 달아올랐다. 밤 벚꽃 길을 걸으며 그가 결혼 말을 꺼냈다. 그에게는 어느 정도의 연금과 함께 원룸에서 나오는 임대료가 있어서 노후 생활에 대한 걱정은 하지 않아도 될 형편이었다. 한 번 결혼 말을 꺼낸 그는 만날 때마다 두 사람이 함께할 미래를 꿈꾸며 행복해했다.

　그의 채근에 밀려 수미도 결혼에 대해 신중하게 생각해봤다. 그러나 끝에 가서는 언제나 고개가 저어졌다. 그와 남편은 다른 사람이라

해도 또다시 구속과 속박의 늪으로 들어가고 싶지 않았다.

제주도 여행을 마치고 돌아오는 비행기 안에서 수미는 결혼할 수 없다고 잘라 말했다. 제주도행을 예비 신혼여행쯤으로 생각하고 있었던 그는 당황해서 아무 말도 하지 못했다. 단지 진정이냐고, 후회하지 않겠느냐는 말만 백 번쯤 물었다. 수미는 그 순간에도 수없이 자신에게 되물었다. 그러나 수미의 대답은 단호했다. 조금의 여지도 남기지 않는 것이 그에 대한 마지막 배려라고 생각했다. 둘은 공항에서 각자 집으로 돌아갔고 그것이 끝이었다.

수미는 가끔 생각해본다. 그때 그와 결혼했더라면 지금 어떻게 살고 있을까 하고. 그의 꿈대로 시골농부가 되어 있을까. 이른 아침에 일어나 논에 물꼬를 살피고 개와 닭의 먹이를 주고 앞마당의 모과나무 가지를 치고 있을까. 수미도 앞치마를 두르고 갓 따온 오이와 부추를 섞어 무치고 상추와 고추를 씻어 상에 올리겠지. 적당이 살이 오른 후덕한 뒤태는 얼마나 아름다울까. 생각에 잠겼던 수미가 저도 모르게 고개를 흔들었다.

"참, 너 산티아고 간다는 계획은 어떻게 돼가?"

"다 준비했어. 여기 오기 전에 딸애 만나서 간다는 말도 하고."

"반대하지?"

"반대했지. 그래 봐야 이미 다 결정한 걸 어떡해."

"너도 참, 대단해. 이 나이에 거길 가겠다고 마음먹은 걸 보면."

"대단한 걸로 치자면 너만큼이야 하겠어? 더 늦으면 못 할 것 같아서 할 수 있을 때 하려는 거지. 나는 그렇고 너는 어때?"

"응, 다 좋아, 그런데 가끔 곤란할 때가 있어."

수미가 무슨 말이냐는 듯 눈을 크게 뜨고 바라보자 명희가 겸연쩍은 표정을 지었다.

"자주는 아니지만 그이가 잠자리를 원할 때 가슴을 보이기가 꺼려지고 민망해."

"아, 너희 아직 신혼이지. 그렇긴 하지만 절제한 것도 아니잖아."

"그렇지만 나도 모르게 자꾸 움츠러들게 돼. 물론 그 사람은 아무 문제없다고, 예쁘기만 하다고 하지만 내 마음은 그렇지 않아. 뭐랄까? 자존심이 상하는 것 같기도 하고 수치스러운 거 같기도 하고."

명희의 손이 가슴을 감싸 안았다.

"네가 너무 예민하게 생각하는 것 아니니?"

"이건 너에게만 말하는 건데 우리 애들 아빠였더라면 이런 마음은 아닐 것 같아. 그 사람 앞에서는 창피하고 부끄러운 것이 없었거든. 젊어서부터 함께한 시간이 많아서 그런 걸까."

명희가 회한에 젖은 듯 허공에 눈길을 던졌다. 순간 수미는 명희가 아이들의 아빠와 헤어진 일을 후회하고 있는 것일까 하고 생각했다. 그러나 그럴 것 같지는 않았다. 명희는 남편의 외도로 인해 만신창이가 돼서 이혼했다.

"나이 들어도 사랑하는 남자 앞에 아름답게 보이고 싶은 마음은 그대로인 것 같아. 몸은 늙는데 마음은 늙지 않는 것도 문제겠지?"

"문제는 무슨. 여자가 예뻐지고 싶은 게 늙고 젊고가 어디 있겠어?"

명희가 꼭지를 딴 딸기를 포크에 찍어 수미에게 건넸다. 살이 빠진 손등에 파란 힘줄이 도드라져 보였다. 수미가 저도 모르게 명희의 가슴에 자꾸 눈이 갔다. 수미의 눈길을 의식했는지 명희가 나무 단추가 달린 앞섶을 잡아 당겼다.

화분에 물을 주던 수미의 눈이 반짝 빛났다. 어제까지 보이지 않던 금낭화 꽃이 피어 있었다. 곧게 뻗은 가지 끝에 담홍색 꽃이 체리열매처럼 달려 있었다. 꽃이 더 많이 피면 가지는 무게를 못 이기고 옆으로 비스듬히 누울 것이다.

어느 날인가 남편은 만개한 금낭화를 보고 "당신 금낭화 꽃말이 뭔지 모르지?" 하고 물었다. 수미가 대답할 겨를도 없이 남편은 "'당신을 따르겠습니다'야. 그래서 말인데 이제부터 나도 당신을 따르겠습니다." 하고 말했다. 남편의 얼굴이 조금 상기되어 있었다. 농담을 하는 남편은 웃고 있었지만 수미에게는 낯설기만 했다. 훗날 생각해도 그날의 남편 태도는 어색하고 이상했다. 정말 자신의 수명이 얼마 남지 않았다는 것을 느껴서 그랬던 것일까. 그래서 마지막으로 수미에게 미안하다는 말을 그런 식으로 하고 싶었던 것일까. 남편의 말이 진심이었다 해도 수미가 사는 동안 감당해야 했던 고통과 상쇄될 수는 없었다.

수미는 금낭화를 안 듯 팔을 둥글게 벌렸다. 향긋한 냄새가 은은하게 풍겼다. 수미가 집을 비우는 동안에도 꽃은 피고 향을 내고 제 할 일을 다할 것이다. '화초에 물주는 것 잊지 말아, 라고 딸한테 전화해야겠구나.' 수미가 휴대폰을 꺼내 딸의 번호를 눌렀다.

방으로 들어온 수미는 순례길에 필요한 준비물 목록을 펼쳐서 바닥에 놓고 하나씩 체크했다. 우선 가장 중요한 등산화와 스틱은 쓰던 걸 그대로 사용하기로 했다. 배낭도 쓰던 것이 있었지만 한 달을 지내기엔 용량이 너무 적은 것 같아 적당한 크기로 새로 구입해놓았다. 방수도 잘 되는데다 재질이 좋아선지 가벼웠다. 음식은 현지 숙소에서 간단하게 해 먹을 수 있다니 가서 그때그때 상황에 따라 하면 될 것 같았다. 장갑과 모자 선글라스, 그리고 잘잘 때 꼭 필요하다는 침낭도 챙겼다. 밤에는 추울지 모르니 얇은 패딩 점퍼도 하나 넣었다. 마지막으로 혹시 여유시간이 주어진다면 읽을 가벼운 에세이 한 권까지 챙기고 나니 배낭이 꽉 찼다. 빠트린 것이 없는지 들여다보던 수미가 배낭 옆에 얌전히 놓여 있는 등산화를 앞으로 당겨 놓았다. 여기저기 할퀴고 흠집이 난 세월의 흔적들이 남아 있었다. 조금 투박해보였지만 수미를 잘 도와줄 것 같아 믿음직스러웠다. 수미가 천천히 등산화 속으로 발을 집어넣었다. 발목이 묵직했다. 무사히 잘 해낼 수 있을까. 딸에게는 자신 있다고 했지만 수미의 몸은 거역할 수 없는 노년에 접어들어 있었다. 괜찮을 거야. 수미는 약해지려는 자신을 독려하듯 등산화 끈을 바짝 조여 묶었다.

'이제부터 시작이야. 새로운 세계로 가서 발자국을 찍듯 입국 도장

을 쾅쾅 찍을 거야.' 배가 불룩한 배낭만큼 마음도 빈틈없이 꽉 찬 기
분이었다.

마지막 선택

오후부터 비가 올 거라던 일기예보대로 빗방울이 떨어지기 시작했다. 베란다 문을 닫고 실내온도를 25도에 맞춘 뒤에 스위치를 난방으로 돌렸다. 초여름이라 해도 아직까지는 저녁이 되면 바닥에서 냉기가 올라왔다. 더구나 비까지 내리면 습기 땜에 공기가 더 꿉꿉해진다. 보일러 돌아가는 소리가 윙하고 귀를 울렸다. 며칠 잠을 못 자고 예민해진 탓인지 평소에는 대수롭지 않게 흘렸던 소리가 귀에 거슬렸다. 친구들이 불면증으로 고생한다는 말을 들어도 내가 직접 겪지 않을 때는 그 고통이 얼마나 큰지 알지 못했다. 심하면 며칠이 아니라 몇 년을 못 자기도 한다던데, 고작 한 달 정도를 설쳤는데도 죽을 맛이었다. 머리가 멍하고 몸은 바닥으로 내려앉는 것 같고 입맛도 싹 달아나 버렸다. 낮에 잠깐 눈을 붙이기도 하지만 컨디션이 좋아지지는 않았다. 잠깐 쉴 요량으로 소파에 앉으려는데 딩동 하고 휴대폰 문자소리가 났다. 광고인 것을 확인하고도 혹시 아들인가 싶어 졸였던 마음은 금방 진정되지 않았다. 그러고 보니 오늘은 어쩐 일인지 잠잠하다. 무슨 조화인지 전화로 닦달을 해도 마음이 불편하고, 연락이 없어도 불안하다. 언제 불시에 들이닥쳐서 졸라댈지 알 수 없다. 아무리 그런다고 선뜻 허락할 수도 없는 노릇이다.

아들이 내 집을 팔아서 저네들과 합가를 하자는 말을 꺼낸 지는 벌써 서너 달이 넘었다. 규모가 제법 큰 철강회사에 다니던 아들이 갑자기 그만두겠다는 말을 했다. 과장 직급에 월급도 괜찮은 회사를 왜 나오려고 하는지 물었더니 이런저런 이유를 늘어놓은 끝에 자신이 이번에 나가지 않아도 앞으로 일 년을 버티기 어려울 거라고 했다. 회사의 구조조정 바람을 피할 수는 없을 거라는 말이었다. 이왕 그만둘 것이니 하루라도 빨리 사표를 내고 자기 사업을 할 생각이라고 했다. 아들이 처음 말을 꺼냈을 때는 지금만큼 심각하게 듣지 않았다. 그러나 속으로는 아무리 자식이라도 저런 말을 어떻게 아무렇지 않게 불쑥 던지나 싶었다.

생전 뭘 사들고 오는 일이 없던 아들이 어느 날 꽃등심을 들고 왔다. 한 손에 들어보아도 묵직하니 제법 양이 많았다. 안 하던 짓을 하나 싶었는데 저녁을 먹고 나서 사업 얘기를 꺼냈다.

"이 집으로 대출을 좀 냈으면 싶어서요. 대출 이자는 당연히 제가 갚을 거고 또 사업이 얼마큼 자리가 잡히면 두 분 생활비도 넉넉하게 드리겠습니다. 그리고 대출금은 제가 1, 2년만 열심히 하면 금방 갚을 자신 있어요. 대출 내는 게 싫으시면 집을 전세 주거나 아니면 아예 이참에 팔고 우리하고 합치는 것도 괜찮겠어요. 아무래도 매장을 열면 애들 엄마도 나와야 할 터이니 어머님이 애들이랑 살림을 좀 봐주시고요. 그러면 저희가 맘 편하게 일도 할 수 있지요. 그리고 사실 두 분이 사시는데 이렇게 넓은 집이 필요 없잖아요."

결국 돈도 해주고 저희들 뒤치다꺼리를 해달라는 말이었다. 아들이 돌아가고 남편 의중을 물어봤더니 생각할 여지도 없다며 단칼에 잘라버렸다.

"말도 안 되는 소리 하지도 말아. 내가 왜 내 집을 없애고 자식 놈

35

집에서 더부살이하며 며느리 눈칫밥을 먹어. 거기다 뭐라고? 애들을 보라고? 결국 손자나 봐주며 뒷방 늙은이나 하라는 거잖아. 같이 살아도 내가 받는 연금이 우리 둘 쌀값은 되니 지들이 벌어 먹이지는 않아도 되겠다 싶겠지. 같이 살자는 속셈이 어디 우리 둘 위해서 그럴까. 다 지들 뱃속 차리려고 그러는 거지 괘씸한 것들."

남편은 그렇게 말해 놓고도 분이 풀리지 않는지 한동안 얼굴이 붉으락푸르락했다. 말은 그렇게 해도 몸이 예전과는 같지 않다는 것쯤은 남편도 나도 알고 있었다. 이제 남편과 나는 자식들의 보살핌이 필요할 때였다. 그런데도 남편은 쇠해 가는 사실을 인정하기 싫었을 것이다. 젊어서부터 지금까지 죽자 사자 일만 했는데 어느 날 문득 돌아보니 자신이 힘없고 나약한 늙은이가 되어 있는 현실을 말이다.

인정하고 싶지 않은 마음은 나도 마찬가지다. 마음은 아직도 소녀 같은데 몸은 할머니가 되었다. 처음 딸이 아기를 낳았을 때는 내가 할머니가 되었다는 사실이 실감되지 않았다. 그랬는데 조리원에서 2주를 지내고 산후조리를 하기 위해 집에 온 딸이 아기를 내 팔에 안겨 주며 "할머니 안녕하세요?" 하고 말했다. 첨에는 어리둥절했는데 나중에 보니 나에게 한 말이었다. 그때서야 '아, 내가 정말 할머니가 되었구나.' 하고 깨달아졌다. 그때의 기분을 어떻게 표현해야 할지 모르겠다. 한없이 기쁜 심정 한편으로는 내 인생은 이제 다 됐구나, 하는 느낌이랄까. 허전하고 쓸쓸하고 더 이상 기대할 게 없는 막막함 같은 것. 시쳇말로 만감이 교차하는 아주 복잡한 기분이었다. 하지만 그것도 잠시였다. 시간이 흐르고 이제는 그런 감정마저도 사라진 지 오래다. 손주들이 "할머니!" 하고 부르면 단번에 "오냐, 내 새끼!"라는 말이 튀어나온다. 사실 요즘의 나에게 가장 큰 기쁨은 손주들이다.

"알겠어요. 너무 화내지 말고 우리도 천천히 생각해봐요."

일단 남편을 달래놓긴 했지만 중간에서 이러지도 저러지도 못하고 난감하기만 했다. 남편의 말이 아니더라도 나도 흔쾌히 합치고 싶은 것은 아니었다. 주위 사람들이나 친구들에게 넌지시 떠보면 모두 고개를 저었다. 한 친구는 자기 사정을 말해주며 극구 말렸다. 그 친구도 아들이 치킨집을 차리는 데 자금이 부족하다고 아침저녁으로 찾아와서 죽네 사네 하는 통에 할 수 없이 집을 팔아주었다고 했다. 아들은 당장이라도 원래 집보다 더 크고 좋은 아파트를 사줄 것처럼 큰소리를 쳤다. 미심쩍기는 해도 이미 엎질러진 물이었다. 그러나 사업이란 게 그리 녹록할 리가 없었다. 큰소리 떵떵 쳤던 아들은 반년을 못 넘기고 가게 문을 닫았다. 말 그대로 다 말아먹고 쫄딱 망하고 말았다. 손주 둘과 아들 내외 그리고 친구 부부까지 여섯 식구가 단칸방에서 종일 복닥거리고 있으면 지옥이 따로 없다고 했다. 거기다 친구의 아들은 사업이 망하고 나서부터 날마다 술타령이었다. 처음에는 술을 마셔도 얌전했는데 갈수록 폭언을 하고 나중에는 집안의 물건까지 집어던지기 일쑤라고 했다. 저러다가는 조만간 사람까지 때리지 않겠냐며 눈물을 글썽거렸다. 친구의 말이 아니더라도 아들 식구와 한집에 사는 모습을 상상해보면 선선히 내키지는 않았다.

걷어둔 빨래를 개키다 말고 주방으로 가서 가스 불을 줄였다. 꼬리 곰탕이 설설 끓고 있었다. 여름 감기를 한 달 가까이 앓고 나서 아직 몸을 추스르지 못하는 남편에게 먹일 참이었다. 평생 감기도 잘 안 걸렸는데 남편도 나이는 어쩔 수 없는지 요즘 부쩍 기력이 떨어진다고 했다. 건강은 타고났다고 자랑하던 사람이 비타민에 영양제에 홍삼까지 꼬박꼬박 챙겨 먹는 모습을 보고 있으면 마음이 짠했다. 나이에 장사 없다는 말이 맞는 말 같았다.

빗줄기가 세지더니 바람까지 불어 창문이 덜컹거렸다. 다용도실 쪽으로 난 새시 문을 닫고 고리를 끼웠다. 문틀이 어긋나서 끼기긱 하는 쇳소리가 났다. 이사하고 여태 손을 안 봤으니 문이 틀어질 만도 했다.

애들이 크고 남편도 서재를 갖고 싶어 하는 터라 무리를 해서 장만한 집이었다. 우리 부부와 아이들이 각자 하나씩 쓰고 남은 방을 남편의 서재로 꾸며주었더니 펄쩍 뛸 정도로 좋아했다. 늦은 밤까지 서재에서 책을 읽는 남편에게 따뜻한 차를 가져다주면 세상에서 가장 행복하다는 듯 빙그레 미소를 지었다. 나 역시 더 이상의 욕심이 없는 느꺼운 기분이 들었다.

큰아이가 중학교 졸업한 겨울에 이사했으니 20년이 훨씬 넘었다. 이사하던 날에 눈이 많이 내려서 애를 먹었던 기억이 났다. 가구와 가

전제품에 눈이 묻어서 일일이 다 닦아 내고 정리하느라 늦은 밤까지 일을 해야 했다. 그래도 고단한 줄도 몰랐다. 결혼하고 일곱 번째 하는 이사였다. 그때의 기쁨은 다른 어떤 것과도 비교할 수 없을 만큼 컸다. 아침저녁으로 쓸고 닦아서 온 집안이 기름을 바른 것처럼 반질거렸다.

이사하고 2, 3년이 지나면서 이웃들이 하나둘 다른 데로 옮겨 가기 시작했다. 이른바 갈아타기라고 하는 거라는데 분양받은 아파트가 값이 오르면 팔고 다시 새집으로 이사를 하는 식이었다. 큰 재산이 없는 보통의 서민들이 가장 쉽고 빠르게 돈을 버는 방법이라고 했다. 반상회에 가보면 모두들 몇 호는 얼마를 받고 팔았고, 또 몇 호는 어디로 갔다더라는 얘기들이 나왔다. 사람들은 발 빠르게 움직이는 이웃들을 부러워하기도 하고 간혹 시샘하기도 했다. 그럴 때도 나는 동요하지 않았다. 그런 일에 관심이나 재주도 없었을 뿐더러 무엇보다 아이들을 생각해서였다. 이사를 하고 전학을 하면 아이들이 새로운 학교와 친구들과 적응하는 일도 단순한 문제는 아닐 거 같았다. 돈도 좋지만 아이들의 교우관계와 정서가 더 중요하다고 믿었다. 남편도 나와 뜻이 같았는데 지금 돌이켜보면 그때의 판단이 과연 옳았을까 하는 데는 자신이 없다.

사실 이 집을 살 때 낸 대출금을 갚는 데도 5년이나 걸렸다. 겨우 대출금을 갚고 한숨 돌리는 것도 잠시였다. 아들이 결혼하게 되었을 때 저축해둔 돈을 다 합쳐도 신혼집을 얻는 데 턱없이 부족했다. 며느리도 보탤 형편이 못 되어서 대출을 내야 했다. 문제는 거기서 끝이 아니었다. 임대계약이 끝나고 재계약을 하려면 전세금이 천정부지로 뛰어올라 또 대출을 내야 하는 상황이었다. 아들은 자주 쥐꼬리만 한 월급으로 이것저것 제하고 이자까지 떼고 나면 생활비가 모자란다고 푸념을 했다. 언젠가 딸이 제 친구가 결혼하는데 부모가 아파트를 사준다고 하더라며 부러워했다. 그렇게 못해주는 나를 대놓고 비난한 건 아니지만 마음이 불편한 건 숨길 수 없었다. 자식들에게 못해준 일이 어디 그뿐이랴. 딸 아들 다 그 흔한 어학연수 한번 보내주지 못했고 입시생이었을 때도 비싼 과외는 엄두도 못 냈다. 피아노에 재능이 뛰어난 딸이 전공하고 싶어 했지만 레슨비가 버거워서 말리고 말았다.

지난 일을 떠올릴 때마다 나도 남들처럼 재테크도 하고 하다못해 구슬 꿰는 부업이라도 했더라면 자식들이 원하는 대로 해줄 수 있었을까 하는 생각이 든다. 오로지 허리띠 졸라매는 것밖에 몰랐으니 내가 생각해도 한심하기만 하다. 이번 일만 해도 그렇다. 나에게 여유가 있었으면 합가니 대출이니 할 필요 없이 흔연하게 내줬으면 얼마나 좋았을까. 아무리 그래 봐야 마음뿐이다.

"아직 장마철도 아닌데 웬 비가 이렇게 많이 와."

"그러게요. 육교 밑에 또 물이 차는 건 아닌지 모르겠네."

저녁을 먹고 난 남편은 소파에서 꼼짝 않고 리모컨만 돌리고 있다. TV 화면에는 전원생활을 즐기는 노부부의 모습이 비춰지고 있었다. 대기업에 다니던 남자는 퇴직 전부터 차근차근 귀농을 준비해왔다고 했다. 대중교통 접근이 쉽고 노인들이라 위급사항이 생겼을 때 바로 응급처치를 받을 수 있는 병원도 염두에 두었다. 노부부는 텃밭에 심은 고추와 상추 등으로 차린 밥상 앞에서 넉넉한 웃음을 지어 보였다. 더없이 평온해 보였다.

"우리도 촌에 가서 살까? 그런데 당신이 갑갑해서 살겠어?"

"오히려 더 나을지도 모르죠. 마당에 풀도 뽑고 채마밭도 가꾸고. 지금도 외출이라고 해봐야 기껏 마트 가고 가뭄에 콩 나듯 영화 한 편 보는 것 말고 뭐 있어요? 그보다 가려면 예전에 갔어야지 지금은 우리 나이가 너무 많아요."

남편의 정년이 얼마 남지 않았을 때 우리도 시골 여기저기를 더트고 다녔다. 공기와 물이 덜 오염되었을 테니 건강에 좋고 도시보다 생활비도 적게 들 것 같아서였다. 실제로 귀촌한 사람들 얘기를 들어보면 생활비가 도시의 절반도 채 안 든다고 했다. 차도 필요 없고 옷도 안 사 입어도 되고 웬만한 먹거리는 자급자족하니 돈 쓸 데가 없다는 말이었다. 남편과 나는 시골에서도 되도록 옛날 모습이 그대로 남아 있는 집을 찾았다. 불을 땔 수 있는 아궁이가 있으면 더 좋을 것 같았다.

"나무는 내가 해 오면 되고 텃밭 가꾸는 것도 다 내가 할게. 당신은 그냥 재미 삼아 나물 캐고 쑥 뜯고 경치나 구경하면서 즐겨. 마당에는 빙 둘러서 유실수를 심을 거야. 매실도 몇 그루 심고, 자두나무 포도나무 무화과에 사과나무도 심으면 좋겠네. 자식들한테도 농약 안 친 배추로 김장도 담가주고 제철 과일이나 채소도 다 보내주고. 상자 같은 아파트에 갇혀 살던 손주놈들이 오면 또 얼마나 좋아할까."

촌집을 보고 온 날이면 당장이라도 시골로 갈 것처럼 남편은 잠도 잊고 신이 나서 떠들어댔다. 남편의 말대로 그렇게 사는 것도 좋을 것 같았다.

주말마다 일 년여를 돌아다닌 끝에 마침 마음에 드는 집을 발견했다. 집도 조금만 손을 보면 그대로 쓸 수 있을 것 같고 금액도 우리 형편에 딱 맞았다. 그랬는데 계약할 단계에서 그만 무산되고 말았다. 뒤늦게 알게 된 아들과 딸이 극구 반대했기 때문이었다.

"가까이 있어야 보고 싶을 때 보고 하지 그렇게 멀리 떨어져 있으면 자주 가지도 못하고 어떡해요. 그리고 갑자기 몸이 아프기라도 하면 큰일 나요."

거기다 시골에 갔다가 어느 한 분이 먼저 돌아가시면 남은 사람이 혼자 살지 못한다고 했다. 그러면 그때 다시 오면 되지 않느냐고 해도 절대 안 된다며 반대했다. 아들 회사 동료의 부모도 시골에 갔다가 금방 후회하는 걸 봤다고 했다. 평생을 도시에서 살았는데 갑자기 바뀐 환경에 적응하기가 쉽지 않을 거라는 말도 했다. 한동안 실랑이를 했지만 아들과 딸의 마음은 변함이 없었다. 친구들이 입버릇처럼 나이 들면 자식들 말을 들어야 한다는 말이 생각났다. 자식들과 좋은 관계를 유지하려면 내 고집만 부려서는 안 된다는 뜻이었다. 그래야 노년이 덜 외롭다는 말도 될 터였다. 결국 남편과 나는 몇 날 며칠을 고민한 끝에 계획을 꺾을 수밖에 없었다.

엘리베이터를 타려는데 "같이 가세요." 하며 민수 할머니와 민수가 뛰어왔다. 민수 할머니는 바로 옆집에 사는데도 요가강습 가는 날 말고는 볼 기회가 잘 없다. 주민센터에서 하는 요가는 일주일에 두 번인데 강습료도 무료인데다 거리가 가까워서 계속 다니고 있었다.

"뭐가 그리 바쁜지 마음은 그렇지 않은데 차 한 잔 할 시간이 없네요. 별일 없으시죠?"

"네, 저야 늘 그렇지요 뭐. 그런데 며칠 안 보이시데요?"

"아들네가 이사를 해서 거기 가서 며칠 봐주느라고요. 며느리가 출근을 하니까 정리할 시간이 있어야지요. 직장 다니느라 그렇기도 하겠지만 요즘 젊은 애들은 어떻게 그리 엉망으로 해놓고 사는지, 이번에 아주 대청소를 해주고 왔어요."

민수 할머니는 자기가 보태주어서 아들이 넓은 평수의 새 아파트로 이사를 했다며 은근히 자랑을 했다. 공무원이었던 민수 할아버지는 연금도 제법 되고 살고 있는 집 말고도 사둔 땅과 아파트가 있어서 노후 걱정은 없다는 말을 자주 했다.

"민수 오늘 어린이집에 안 갔어요?"

"감기가 들어서 안 보냈어요. 그래서 요가도 안 갈까 하다가 잠깐 다녀오면 괜찮겠지 하고 가는 거예요."

"그럼, 민수 데리고 문병은 못 가겠네요."

"아참, 정신이 없어서 깜빡했네. 저는 담에 가야겠어요."

"아이구, 민수가 감기 땜에 고생을 하는구나."

"할머니, 안녕하세요 해야지?"

할머니가 시키는 대로 민수가 혀 짧은 소리를 내며 허리를 굽혀 인사 했다. 코를 많이 닦아서 그런지 인중이 벌겠다. 민수엄마는 초등학교 교사다. 민수는 유치원에서 돌아오면 바로 앞 동에 사는 외할머니 집으로 온다. 엄마가 퇴근하면서 민수를 데려가는데 일주일에 사흘은 온 식구가 저녁까지 먹고 간다고 했다. 자식을 가까이서 매일 보는 것이 즐거움이긴 하지만 때론 힘이 부친다는 말도 했다. 민수가 기침을 하자 할머니가 얼른 손수건으로 침을 닦아주었다.

민수 할머니와 양쪽에서 민수의 손을 잡고 주민센터 2층으로 올라 갔다. 계단을 올라가는데 무릎이 시큰거렸다. 지난달에 연골 주사를 맞았는데 그때만 반짝 괜찮더니 또 아프기 시작했다. 요가도 신체를 많이 움직이는 동작은 제대로 못하고 넘어간다. 젊은 사람들처럼 하려면 몸이 따라주지 않는데다 강사도 절대 무리하지 말라며 주의를 주었다. 수강생도 일부러 맞춘 것도 아닐 텐데 거의가 60대 이상의 나이 먹은 사람들이다. 그러다보니 고난도의 동작은 아예 엄두도 내지 않게 되었다.

요가수업이 끝나고 다 같이 문병을 가기로 했다. 문병할 101동 할머니는 요가하면서 알게 되었는데 허리를 다쳐서 일주일째 입원하고 있었다. 주민센터에서 병원까지는 걸으면 20분 정도 거리지만 택시를 타고 가기로 했다. 101동 할머니는 5년 전에 남편과 사별하고 혼자 살고 있었다. 집에서 샤워를 하고 나오다 발을 헛디뎌서 넘어졌다고 했다. 그나마 넘어지고 곧바로 자신이 119에 연락해서 병원으로 옮겨졌고 수술도 잘돼서 다행이라고 했다. 수술경과가 좋아서 회복도 빠른 편이지만 안정을 취해야 된다고 해서 이제야 문병을 할 수 있었다.

5인실 병실의 맨 가장자리 침대에 누워 있던 환자가 우리들을 보고 희미하게 웃었다. 줄무늬 환자복을 입고 오른팔에 링거를 꽂고 있었다. 양 볼이 홀쭉해져서 수척해 보였다. 우리가 가까이 갔을 때 링거액을 확인하고 있던 간호사가 목례를 했다. 들고 간 주스 박스는 침대 옆에 두었다.

"얼마나 놀랐어요. 그래도 그만하니 다행이에요."

인사를 하며 환자의 손을 잡았다. 핏기 없는 야윈 손이 얼음장처럼 차가웠다.

"다행은 무슨. 그냥 그대로 갔으면 편했을 것을……."

말끝을 흐리며 슬며시 손을 빼는데 금방이라도 울음을 터트릴 것 같은 얼굴이었다.

뜻밖의 대답에 무슨 말을 해야 할지 난감했다. 어색해진 분위기를 모면해볼 요량으로 마음을 굳게 먹어야 회복도 빠르다며 위로를 했지만 귀담아 듣는 것 같지 않았다.

"가만히 보니까 저 사람 친구들 같은데 돌아가면 아들 보고 엄마한테 좀 가보라고 말해주세요."

우리들이 나누는 대화를 듣고 있던 옆 침대의 환자가 누구에게랄 것도 없이 소리쳤다. 무엇엔가 단단히 화가 난 표정인데다 목소리가 환자라고 믿기지 않을 만큼 우렁찼다. 느닷없는 참견이 생뚱맞다 싶었는데 거기서 끝이 아니었다.

"세상에 저들 어미를 저렇게 털썩 던져 놓고 코빼기도 안 내미는 자식놈이 어디 있어요. 그래도 딸내미는 자주 오더만 아들은 딱 한 번 밖에 안보이데요. 지 엄마를 저렇게 자빠뜨려 놓고."

"지 엄마를 자빠뜨리다니 그게 무슨 말씀이세요?"

영문을 몰라 내가 물었다.

"그만 하세요. 또 무슨 말을 하려고…. 아무 일도 없어요."

101호 할머니가 손사래를 치며 황급히 옆 침대 환자의 말을 막았다.

"그만 하긴 뭘 그만해요. 나도 저 집 딸내미한테 들었는데 저 사람 아들 땜에 저리 되었대요. 아들이 돈 내놓으라고 행패를 부리는 바람에 밀고 당기다 넘어졌다 하잖아요. 그래놓고 지 놈은 와보지도 않다니. 부모가 죽을 때 이고 갈까 지고 갈까. 어련히 알아서 다 줄 텐데 고걸 못 기다리고 저리 난리를 치다니 아이고, 내 자식이나 남의 자식이나 다 자식들이 웬수지 웬수야."

"목욕탕에서 나오다 넘어졌다고 들었는데 그게 아닌가요?"

"목욕탕은 무슨 얼어죽을. 남들한테 아들이 밀쳤다고 말하기 창피하니까 둘러댄 거지"

마치 눈앞에서 벌어지고 있는 일을 중계하듯 옆 환자가 씩씩거리며 분을 냈다. 101호 할머니에게 자초지종을 물어보고 싶었지만 오히려 마음을 더 아프게 할 것 같아 그만두었다. 옆 환자가 말을 하는 동안에도 101호 할머니는 입을 꾹 다물고 있었다. 요가교실 막내인 준이 할머니가 환자를 너무 오래 붙들고 있으면 피곤해한다면서 일어서자고 했다. 환자를 혼자 두고 가려니 마음에 걸렸지만 다음에 또 오겠다고 하고 병실을 나왔다.

딸이 긴히 의논할 게 있다며 집으로 오겠다고 했다. 아들 일만 해도 골치가 아픈데 또 무슨 일인가 싶어 짜증이 나려 했다. 의논할 일이 뭔지 짐작은 갔다. 유치원에 재취업하는 일일 것 같다. 딸은 유아교육과를 나와서 결혼하고 출산 전까지 유치원 교사로 일했다. 아이를 낳고도 일을 계속하고 싶어 했지만 시어머니는 일찌감치 손주는 못 봐준다고 못을 박았고 나도 그 당시 몸이 좋지 않았다. 어쩔 수 없이 아이가 어린이집에 갈 때까지 일을 쉬기로 하고 육아에만 전념해왔다. 그랬는데 얼마 전부터 둘째도 어느 정도 컸으니 다시 일을 하겠다는 뜻을 내비쳤다.

이제는 웬만큼 수입이 되어도 외벌이로는 생활하기 어려운 세상이 되었다. 아이를 키우는 데도 예전에는 대여섯 살이 되어야 유치원을 보냈는데 요즘은 신생아 때부터 다양한 교육 프로그램들이 넘쳐난다. 유명한 유치원 일 년 보육료가 사립대학 등록금과 맞먹는다는 말을 들은 지는 오래되었다. 초등학교에 입학해서 학년이 올라갈수록 교육비 부담은 눈덩이처럼 불어나게 마련이다. 딸이 일을 하려는 이유도 아이들 교육비 때문일 게 뻔했다.

과테말라 커피 한 잔을 내려서 창 쪽으로 갔다. 멀리 산이 보이고 실뱀 같은 강줄기도 펼쳐져 있다. 모델하우스를 보러 갔을 때 실내구조도 괜찮았지만 산과 물을 볼 수 있는 환경이 좋아서 결정했다. 봄이 되면 산책로를 따라서 줄지어 피는 벚꽃을 보는 즐거움도 크다. 이팝나무 꽃이 피면 마치 팝콘을 쏟아 부어 놓은 것처럼 환상적인 분위기가 된다. 산허리까지 내려온 운무가 신비로운 광경을 연출하는 비 오는 날도 좋다.

식구들이 다 나가고 한가한 시간에 차 한 잔을 내려 들고 먼 산과 구름을 바라보는 즐거움은 이 집에 이사 와서 누리는 최고의 호사였다. 이런 소박한 평화와 안식이 언제까지 주어질지 알 수 없다. 언제 예상하지 못했던 일들이 일상을 흔들고 균열을 일으킬지 모른다.

삶의 균열은 이곳저곳에서 반복적으로 일어났다. 첫 아이를 임신한 지 석 달 만에 일어난 남편의 교통사고는 끔찍했다. 퇴근길이었는데 신호를 무시하고 달려온 승용차가 횡단보도를 건너던 남편을 들이받았다. 목격자의 말에 따르면 남편이 공중부양을 하듯 하늘 높이 튕겨 올랐다가 철퍼덕하고 떨어졌다고 했다. 죽지 않고 살아 있는 것이 기적이었다. 가해자는 음주운전에다 무면허였고 당연히 보험은 들어 있지 않았다. 결국 병원비를 대느라 전세 보증금을 빼서 다 까먹고 말았다. 넉 달 가까이 입원해 있는 동안 입덧을 견디며 간병하느라 이러다가 내가 먼저 죽겠다는 생각이 들었다.

그 후로도 아이들이 밖에서 놀다 다치거나 남편과 나의 건강에 이상 신호가 오거나 직장에 위기가 오는 일들은 심심치 않게 찾아왔다. 한 푼 두 푼 적금을 부어 모은 돈으로 투자했던 상가를 사기 당했을 때는 세상이 원망스러웠다. 시댁에서도 늘 문제가 생겼다. 당뇨와 혈압으로 고생했던 시어머니는 돌아가시기까지 십여 년 동안 번갈아 입원과 퇴원을 되풀이했다. 형제들 사는 형편이 다 고만고만한 탓에 장남인 우리가 병원비 대부분을 감당해야 했다. 시누이들은 저희들은 가지 못한 대학까지 보내준 아들이 책임지는 것이 당연하다고 목청을 높였고 시어머니도 다르지 않았다. 시누이들은 남편에게 혜택 받은 만큼 의무를 다하라면서 자신들이 자라면서 섭섭했던 마음들을 노골적으로 내비쳤다. 하긴 한글조차 모르는 시어머니가 아들을 대학에 보내기까지에는 엄청난 헌신과 결단이 필요했을 터였다. 그밖에도 여러 대소사를 챙기는 것도 내 몫이었다. 가끔, 이렇게 살고 싶지 않았는데 하는 회의가 들기도 했다. 그러나 그런 생각조차 오래 붙들고 있을 수 없었다. 삶은 의지와는 별개로 이해할 수 없는 엉뚱한 방향으로 흘러갔고 그때마다 숨 가쁘게 순응해야 했다. 일일이 다 열거하려면 끝이 없을 것 같다. 그래도 사람에게 망각이라는 기능이 있어서 살아낼 수 있었다.

"날씨가 왜 이리 변덕인지 모르겠어요. 때 이른 장대비에다 한여름 같은 더위까지."

점심으로 물냉면을 먹고 설거지를 하려는데 딸이 들어왔다. 양손 가득 들고 온 과일 봉지를 식탁 위에 올려놓고 딸이 블라우스 단추를 열었다. 더운지 이마에 땀이 맺혀 있었다. 선풍기를 딸 앞으로 당겨 놓고 강바람으로 틀었다. 딸이 더위를 식히는 동안 나는 사 가지고 온 수박을 잘라서 냉장실에 넣고 참외는 깨끗이 씻어 두었다. 남편이 직접 농사지은 과일과 채소를 자식들에게 주고 싶다고 입버릇처럼 했던 말들이 떠올라 설핏 웃음이 나왔다.

"어린이집을 인수 받아서 해보려구요."

평소보다 한 옥타브 올라간 목소리 때문인지 딸이 조금 들떠 있는 것 같았다.

"취직을 하는 게 아니라 네가 직접 운영을 한다고?"

남편이 급하게 수박씨를 뱉어 내고 물었다. 일을 하려는 건 짐작하고 있었지만 예상 밖의 말이었다.

"남의 일 해봐야 평생 그렇잖아요. 마침 좋은 조건이 있어서요. 대학 선배가 하던 어린이집인데 남편이 지방으로 발령이 나서 할 수 없이 내놓는 거래요. 아파트 1층인데 아이들도 제법 있고 시설도 다 되어 있어서 뒷돈 들어갈 것도 없어요. 나한테는 권리금도 거의 안 받고 넘겨주겠다고 해서 꼭 해보고 싶어요."

"들어보니 조건은 괜찮네. 그런데 네가 자금은 어떻게 마련하려고?"

남편의 말에 미간을 좁히고 있던 딸이 결연한 표정으로 입을 뗐다. 딸의 입에서 무슨 말이 나올지 몰라 조마조마했다.

"살고 있는 집 전세를 빼면 되요. 위치도 괜찮고 집도 깨끗해서 전세는 금방 빠질 거예요."

"그러면 너희들은 어디서 살고. 월세로 가려고?"

불길한 예감이 전신을 휘감는 느낌이 들었다. 입이 마르고 심장이 두근거렸다. 진정하려고 양 손깍지를 껴서 뛰는 가슴을 끌어안았다.

"그래서 말인데요. 어린이집이 자리 잡힐 때까지 여기 들어와서 살면 어떨까 싶어서요."

난데없이 친정살이를 하겠다는 말에 대답이 나오지 않았다. 말은 그렇게 했지만 딸은 이미 결정을 한 것 같았다. 우리들의 의견이야 아무려면 어떠랴하는 식이었다. 자랄 때도 딸은 자기가 하고 싶은 일을 먼저 결정해 놓고 통보하는 식이었는데 지금도 그렇다. 딸은 이왕 내친김이라는 듯 인수비용 마련부터 경영방법까지 차근차근 계획을 펼쳐보였지만 하나도 귀에 들어오지 않았다. 머릿속에 오만가지 생각이 뒤엉켜서 혼란스러웠다. 딸이 말하는 대로 같이 살면 나는 꼼짝없이 부엌데기가 될 게 뻔했다. 아침마다 아이들 밥 먹이고 등교시키느라 북새통을 떨고 식구들이 벗어 놓은 빨랫감에 청소에 하루종일 허리 한 번 펼 틈이 없을 게 불 보듯 눈에 선했다. 내 자식들을 키울 때는 힘이 들어도 젊어서 버텨냈지만 이제 나이 들고 힘없는 몸으로 어떻게 감당할지 생각만 해도 겁이 났다. 자식이 살아보겠다고 애쓰는데 부모가 나 몰라라 할 수도 없지만 쉽게 대답이 나오지 않았다. 난데없이 아들과 딸이 앞다투어 이 집을 두고 쟁탈전을 벌이니 어떻게 대처해야 할지 황망하기만 했다.

"지우 애비하고는 의논이 된 거냐?"

“의논하고 말고가 어디 있어요. 지금 이 판에.”

“지금 이 판이 뭐 어때서.”

“사실대로 말씀 못 드렸는데 지우 애비 직장 그만뒀어요.”

딸이 무리를 해서라도 어린이집을 차리겠다는 이유를 이제야 알 것 같았다.

“뭐라고? 언제?”

“제법 되었어요. 그동안 죽었다 하고 참았는데 또라이 팀장 땜에 도저히 못 견디겠더래요. 저도 길길이 뛰고 난리를 쳤는데 계속 나가다간 병나서 죽든지 정신병자 될 것 같다는데 어쩌겠어요. 성적도 좋고 여기저기 알아보고 있으니까 곧 취직할 거예요. 너무 걱정 마세요.”

딸은 할 말을 다하고 나니 후련하다는 듯 수박 한 쪽을 들고 벽에 기대앉았다.

김치와 밑반찬을 차리고 가운데에 갈비찜을 놓았다. 손주들이 좋아하는 호박 넣은 달걀말이와 갈치구이도 접시에 담아 내놨다. 딸과 아들 식구들이 함께 식사하는 것이 얼마 만인지 모르겠다. 남편의 생일에 맞춰 아들은 근사한 레스토랑에서 식사를 하자고 했지만 내가 집에서 먹자고 했다. 밖에서 먹는 음식은 비싸기만 한 데다 조미료 때문인지 먹고 나면 속도 불편했다. 몸이 좀 고단해도 내 손으로 하는 것이 비용도 절약되고 푸짐하게 먹을 수 있어 편하다.

“할머니 저 왔어요.”

아들 내외를 따라 들어온 손주가 물이 묻은 손을 잡았다. 안 본 사이에 키가 훌쩍 자라 있었다.

"제가 와서 도와드려야 하는데 죄송해요."

며느리가 주방에 들어와서 소매를 걷었다. 일거리를 찾느라 조리대 주위를 두리번거렸다. 곧이어 딸네도 와서 식탁에 둘러앉았다. 온식구가 이렇게 다 모인 게 얼마 만인지 모르겠다. 명절에도 오는 시간대가 달라서 같이 만나기가 쉽지 않았다. 손주들까지 합하니 식탁이 그득했다. 케이크에 촛불을 붙이고 다 같이 생일축하 노래를 부르고 나서 준비한 선물들을 꺼내 놓았다. 남편은 뭐 이렇게 요란하게 할 게 있느냐 하면서도 기쁜 표정을 숨기지 않았다.

"어머니한테 들었는데 누나 어린이집 할 거라며?"

아들이 갈비찜을 입으로 가져가다 말고 딸을 보고 말했다. 뭔가 불만스러운 듯 말투가 불퉁 맞았다.

"응, 그래서 말인데 당분간 엄마 집에서 좀 살려고."

아직 승낙하지도 않았는데 딸은 이미 합의가 된 것처럼 태연하게 말했다.

"뭐? 여기서 산다고? 말도 안 돼."

"네가 뭔데 된다, 안 된다 하니? 엄마 아빠가 허락하면 되는 거지."

"아버지, 설마 그러라고 하신 건 아니죠?"

"이미 얘기 끝났다니까 자꾸 왜 그래?"

아들과 딸이 언성을 높이며 다투는 통에 갑자기 식사 분위기가 냉랭해지고 말았다. 사위와 며느리는 험악해진 분위기에 어쩔 줄 몰라 하면서도 남편과 내가 누구 말을 들어주나 싶어 눈치를 살폈다. 아들이 수저를 놓고 정색을 했다.

"저번에 제가 스포츠용품 대리점을 할 거라고 말씀 드렸잖아요. 그거, 그저께 본사와 계약을 했어요. 이제 점포 임대 잔금 치르고 인테리어 들어가면 3개월 안에 오픈할 거예요. 문제는 자금인데 계약금은 일단 퇴직금으로 어떻게 했지만 나머지 잔금은 제 힘으로 어림없어요. 그래서 식사 끝나고 나중에 아버지께 의논할 참이었어요. 이 집으로 대출을 내든 전세를 내든. 아니면 팔고 저희와 합가를 하든지요."

"어머, 어머. 애 말하는 것 좀 봐. 이 집이 꼭 제 집인 것처럼 말하네. 아버지, 정말로 얘 말대로 해줄 거예요? 이 집을 팔면 그럼 나는, 나는 어떡해요. 지우 아빠도 실직 상태인데 어린이집 못 하게 되면 우리는 굶어 죽으라구요."

설움이 복받치는지 딸이 울음을 터트리고 말았다.

"엄마 아빠도 궂은일만 생기면 나한테 시켜 놓고 정작 결정적인 일에는 아들 편만 들잖아요. 자랄 때도 아들이라고 편애하더니 지금까지 차별하고 정말 섭섭해요. 법적으로도 지금은 아들 딸 똑같이 상속 권리가 있다는데 어떻게 우리 집은 아직도 조선시대처럼 아들만 제일이에요."

설움에 겨운 딸이 바락바락 소리를 지르며 남편에게 울분을 토했다.

"누나도 그렇게 말하면 안 되지. 나는 섭섭한 일 없는 줄 알아? 나를 편애한다고 그랬는데 그 반대지. 누나는 큰 딸이라고 옷도 늘 새 옷만 입었잖아. 나는 남자인데도 치마만 빼고 다 누나 입던 거 물려받아 입었어. 또, 결혼할 때도 누나는 시설 좋은 예식장에서 했지만 나는 비용 때문에 학교 회관에서 했거든. 이 뿐인 줄 알아? 백 개도 더 있어. 그런데도 누나가 섭섭하다고? 말도 안 되는 소리 하지도 말아!"

흥분한 아들이 자리에서 벌떡 일어나 딸을 향해 삿대질을 했다.

"조용히들 못하겠니!"

고함 소리와 함께 남편이 숟가락을 집어던졌다. 손주들이 놀라 눈이 휘둥그레졌다. 놀라긴 나도 마찬가지였다. 사는 동안 남편이 물건을 던진 건 처음이었다. 이런저런 일로 다투어도 남편은 한 번도 폭력적인 행동이나 말을 한 적이 없었다. 모두 놀라 수저를 내려놓았다. 아들과 딸도 입을 다물고 고개를 떨궜다. 딸이 애써 울음을 참느라 어깨를 들썩거렸다. 그러고 보니 남편의 밥공기는 한 술도 뜨지 않고 그대로였다. 생일날에 이게 부슨 변고인가 싶었다.

"지금 너희들이 그런 말할 자격이 있다고 생각하니?"

남편이 무슨 말을 하는지 알 것 같았다. 아들이 결혼하고 얼마 지나지 않아 남편이 대장 수술을 했다. 나도 몸이 좋지 않아 고민 끝에 조심스럽게 합가 말을 비쳤을 때 아들의 반응은 냉담했다. 두 분이 몸이 불편해도 생활하는 데 지장이 있는 정도는 아니니 그냥 지내라고 했다. 좀 섭섭하긴 했지만 내색하지 않고 넘겼다. 다행히 남편과 나도 점차 건강이 회복되어서 그때 일을 마음에 담아 두지는 않았다. 그랬

55

는데 남편은 그게 아니었던 모양이었다.

"아버지, 제 사정이 급해서 잠깐 동안만 살게 해달라고 부탁드리는 거예요."

"급한 건 제가 더 해요. 집을 달라는 것도 아니고 형편이 풀릴 때까지 좀 돌려쓰자는 것뿐인데…."

남편이 뭔가 말을 하려 했지만 앞다투어 자기 입장을 늘어놓느라 아들과 딸은 틈을 주지 않았다. 아들과 딸이 잠잠해질 때까지 기다리고 있던 남편이 입을 열었다. 입술이 떨고 있었다.

"너희들 엄마한테도 아직 말 안했는데 예전에 수술했던 대장이 재발을 했어. 아직 수술 날짜는 안 잡혔는데 한 달 정도 기다려야 한다는구나. 보험이 있긴 하지만 이미 저번에 다 받았으니 생돈이 들겠지. 그래서 말인데 너희들의 사정도 딱하지만 지금은 어쩔 수가 없구나. 너희들 말은 못 들은 거로 하마."

말을 마친 남편이 자리를 박차고 일어나 밖으로 나갔다. 근래에 남편의 태도가 좀 이상하다 싶었는데 아픈 걸 숨기고 혼자 끙끙 앓느라 그랬던 모양이었다. 아픈 몸도 몸이지만 병원비가 더 걱정되었다. 사실 지금 연금을 받고 있지만 액수가 적어서 생활이 다 되는 건 아니다. 말 그대로 우리 두 사람 쌀값에 지나지 않아 최저 생계비에도 못 미친다. 모자라는 비용들은 그동안 저축해둔 것에서 조금씩 빼서 충당하고 있었다. 여태까지는 그런대로 지냈지만 큰 병이 나거나 요양병원에 들어가게 되면 집을 처분하는 길밖에 없다. 집을 팔아 비용으로 쓰든지 아니면 은행 모기지론을 이용할 계획이었다. 벌써 은행에서 모기지론에 대해서도 상담을 받았다. 버틸 수 있을 때까지는 버티고 도저히 안 되겠다 싶어지면 그때 할 생각이었다. 그러니 이 집은 나와 남편에게 남은 마지막 보루인 셈이었다.

후드득 후드득. 바람소리와 함께 비가 쏟아지기 시작했다. 굵은 빗방울이 창문을 때리는 소리가 요란했다. 우산도 없이 나간 남편은 어디로 갔을까. 아픈 몸에 비를 맞아 감기까지 들면 안 될 텐데. 남편을 찾아볼 요량으로 우산을 챙겨드는데 손주들이 달려와 "할머니" 하고 품에 안겼다. 나는 어떤 선택을 해야 할까? 아들과 딸의 청을 모두 거절하게 되면 누구보다 어린 손주들이 어려움에 처하게 될 것이다. 손주들의 처지가 나와 남편의 결정에 달렸다고 생각하니 마음이 바위에 눌린 것처럼 무거웠다.

너무 매운 감자

프라이팬에 올리브유를 두르고 얇게 채 썬 감자를 넣었다. 지지직하고 잡음이 심한 마이크 소리를 내며 기름이 튀었다. 물을 한 방울 떨어뜨리고 나서 얼른 뚜껑을 닫으니 금방 조용해진다. 감자가 다 익으려면 한동안 기다려야 될 것 같다.

감자로 만들 수 있는 요리가 몇 가지나 될까. 감자볶음, 감자전, 감잣국, 감자조림, 또 뭐가 있을까. 감자튀김도 있다. 그런데 사람들은 왜 감자전이나 찐 감자보다 감자튀김을 더 좋아할까? 맛이 좋아서, 값이 싸서? 그보다는 주문만 하면 즉석에서 먹을 수 있는 간편함 때문일지도 모르겠다.

장작처럼 뻣뻣해진 다리를 접고 좁은 싱크대 옆에 쪼그리고 앉았다. 잠시라도 이렇게 앉아보는 것이 얼마 만인지 모르겠다.

"아줌마 여기 감자튀김 안 줘요? 어디 감자밭에 가서 캐오나. 왜 이렇게 늦어요."

"네, 손님. 조금만 기다려주세요. 금방 나갑니다."

손님의 재촉에 양념을 버무리고 있던 사장이 소리를 질렀다.

주문한 지 얼마나 되었다고 성질머리하고는. 나는 입속말을 삼키며 두 손으로 무릎을 짚고 일어났다. 어서 가져다주지 않으면 얼마나 성화를 부릴지 모른다. 차가운 맥주로 입을 틀어막는 것도 괜찮은 방법일 테지만 그렇게 할 수는 없다. 이럴 때는 손님보다 사장이 더 얄밉다.

닭 튀기는 일을 도맡아 하던 경애엄마가 빠지는 바람에 세 명이 하던 일을 두 명이 하고 있다. 당연히 일이 늦어질 수밖에 없는 걸 뻔히 알면서 매번 재촉만 한다. 사람을 구한다면서도 말뿐이다. 입만 열면 적자네, 못해먹겠네 하는 걸 보면 이대로 끌고 가겠다는 속셈인지도 모르겠다.

퇴근길에 경애엄마한테도 가봐야 할 것 같다. 위암이라는데 아무리 초기라도 암은 암이니 걱정이 된다. 결혼 초부터 병약했던 남편은 일찍 죽고 아들하고 둘이 산다 했다. 빠듯한 살림이라 흔한 보험 하나도 들어 놓지 못했다던데. 수술비에다 간병해줄 사람도 없이 어쩌나 싶다. 살아보겠다고 궂은일도 마다 않고 그렇게 발버둥을 치더니 몸을 혹사한 탓인지 덜컥 병을 얻고 말았다. 하긴 나도 경애엄마보다 나을 게 없다. 그나마 몸이라도 성하니 다행이라 여겨야겠지.

주문한 치킨과 맥주를 놓고 돌아서는데 소리를 치던 남자가 "아줌마, 나하고 연애 한 번 합시다." 하며 느물거렸다. 어느새 남자의 손이 엉덩이에 와 있었다. 이럴 때 자칫 손님 비위를 건드리기라도 하면 당장 잘릴지도 모른다. 어떻게 얻은 자린데. 그런 일은 절대 일어나서는 안 된다. 또다시 일자리를 찾아 눈이 빠지게 구인 광고란을 뒤지고 발이 부르트도록 골목골목 헤집고 싶지 않다. 끔찍하다. 나는 이를 꽉 깨물었다. 심호흡을 하고 마음과는 반대로 남자를 향해 생긋 웃어주었다. 입술 주위가 파르르 떨린다. 남자는 내가 동의한다는 뜻으로 이해했는지 저녁에 보자며 철썩, 엉덩이를 쳤다.

밤이 늦어서야 가게를 나왔다. 경애엄마한테는 가지 못했다. 시간도 늦었지만 몸이 천근같이 무거웠다. 얼마 되지도 않는 감자튀김 봉지조차 무겁게 느껴진다. 봉지에 기름이 배어나와 번들거렸다. 며칠 전에 사들인 감잔데 어떻게 된 일인지 튀겨 놓고 보니 매운맛이 났다. 손님들이 못 먹겠다고 불평을 해서 어쩔 수 없이 감자를 다시 샀다. 박스째 내놓은 감자를 버리기가 아까워서 애들이나 먹이려고 튀겨온 것이다. 손님들이 못 먹겠다고 내뱉은 음식을 자식들에게 먹이려니 처량하고 서글픈 기분이 든다. 그러나 다른 방도가 없다.

바람이 차다. 그러고 보니 곧 겨울이다. 집을 나간 남편은 여태 감감무소식이다. 지금쯤 어디서 무얼 하고 있을까. 살아 있기는 한 것일까. 아이들과 내가 어떻게 살고 있을지 걱정이라도 할까. 이렇게 소식을 딱 끊은 것을 보면 가족들을 잊은 모양이다. 혹시 다른 여자와 살림을 차렸을지도 모른다는 생각도 들지만 그건 턱도 아닐 터다. 빚쟁이에 쫓겨 다니는 돈 한 푼 없는 남자한테 붙을 정신 나간 여자가 어디 있을까.

친정 엄마의 두 칸짜리 전세방 하나를 차지하고 얹혀살면서 얼마 되지 않는 공과금도 제때 못 내놓고 있다. 그뿐만 아니다. 매달 들어가는 생활비에다 두 아이의 학비도 문제다. 학원은 꿈도 못 꾼다. 엄마도 형편이 나아질 희망은 없다. 매달 지급받는 기초생활비와 파지를 주워 파는 몇 푼이 수입의 전부다. 가끔 남의 집 허드렛일을 할 때도 있지만 그것도 나이가 많다는 이유로 거절당하기 일쑤다. 엄마를 볼 때마다 염치가 없어 미안하다는 말조차 하지 못하고 있었다. 이렇게 살리라고는 생각조차 하지 않았다. 이제 어떡해야 하나. 이런 생각을 할 때마다 아이들까지 몰라라 하고 혼자 도망쳐 버린 남편이 밉고 원망스럽다.

남편이 새시 공장을 하겠다고 했을 때 단칼에 잘랐어야 했다. 절반이 은행돈인 스무 평짜리 연립주택을 팔아서 공장을 차리겠다는 남편의 생각은 무모하다 못해 무책임하게 느껴졌다. 집을 팔아봐야 창업자금의 절반도 안 되는 액수라 사채까지 끌어대야 할 판국이었다. 더구나 남편은 줄곧 남의 집에서 보조 역할만 해온 터라 공장을 운영하기에는 기술면에서 역부족이었다. 그런데도 남편은 몇 달 동안 고집을 꺾지 않았다. 아직은 때가 아니라고, 여건이 될 때까지 조금 더 기다리자고 아무리 설득해도 듣지 않았다. 비록 쥐꼬리만 한 적은 액수라도 그동안 매월 꼬박꼬박 받는 월급이 고맙기만 했다. 나쁜 짓 하지 않고 온 가족이 세끼 밥을 먹을 수 있고 내 집에서 편히 잠잘 수 있어서 다행이었다. 시간이 많이 걸릴 테지만 성실하게 노력하면 연립주택도 대출을 갚고 온전한 내 집이 될 때가 있을 터였다. "나는 뭐 평생 남의집살이만 하라는 법이 있어? 이제 기다려봐. 내가 당신 귀부인으로 만들어줄 테니까. 싸나이가 세상에 태어나서 한 번은 큰일을 하고 죽어야 하지 않겠어? 그리고 인생에서 기회가 자주 오는 게 아냐. 이번에 놓치면 다신 이런 기회는 안 와."

자기 뜻을 따라주지 않으면 이혼도 불사하겠다며 펄펄 뛰는 터라 결국엔 남편의 고집대로 공장을 열었다 그러나 우려했던 대로 첫 달부터 적자를 면치 못했다. 시설도 기술도 모자라는 영세업체에 누구도 일을 맡겨주지 않았다. 고작 다세대주택의 방범창 몇 개를 다는 정도에 그쳤다. 정해진 수순처럼 처음 이사한 전셋집에서 월세로 옮기고 다시 방 두 개짜리에서 단칸방으로 내려앉기까지 반년이 채 걸리지 않았다. 말 그대로 한 순간에 알거지가 되고 말았다. 그리고 어느 날 홀연 남편이 사라졌다.

찬바람 탓인지 귀에서 윙윙거리는 소리가 났다. 집 앞에 와서도 나는 한동안 서 있었다. 문을 여는 순간 쏟아져 나올 걱정거리들을 조금이라도 더디게 알고 싶었다.

"집이 팔렸다고 비우라네."

내가 오기를 기다리고 있었던 듯 현관 앞에 서 있던 엄마가 걱정스레 말했다. 아들은 나를 보고도 아는 척도 않고 밖으로 뛰어 나갔다. 늦은 밤에 가방까지 메고 어딜 가는지 궁금했지만 아들은 벌써 저만치 달아나 보이지 않았다. 딸아이는 말도 없이 손에 들고 있는 감자튀김 봉지만 낚아채 갔다. 먹고 사는 데 바빠 아이들과 얼굴 맞대고 대화해본 지가 언젠지 까마득하기만 하다. 무슨 생각을 하고 있는지 학교생활은 어떻게 하는지 도통 알 수 없다. 하루 세끼 밥을 해결하는 데에만 온통 신경이 쏠려 있었다.

우웩, 감자 맛이 왜이래. 딸이 토악질하는 소리가 건넛방에서 들렸다. 하긴 가난하다고 맛조차 구별 못 하는 것은 아니니까. 그냥 먹으라고 하려던 말을 삼키고 만다. 나는 왼발에 걸려 있던 운동화를 벗어 던졌다. 뒤집어진 운동화 밑창이 걸레처럼 너덜거렸다.

"당장 비워야 한데요?"

주인이 집을 팔 거라는 말은 들었지만 이렇게 빨리 팔릴 줄은 몰랐다.

"길어야 두 달 아니겠니? 어차피 원래 걸었던 보증금도 반 이상 까먹은 형편이고. 집이 팔리면 언제라도 비워준다는 조건으로 살았으니 약속을 지켜야지 어쩌겠니."

평생 집 한 칸 가져보지 못하고 가난하게 살아온 엄마는 체념도 빨랐다. 엄마가 처음에 걸었던 보증금도 이미 반 이상을 받아서 빚을 갚는 데 써버렸다. 나는 한사코 사양했지만 하루가 멀다고 빚쟁이에 시달리는 꼴을 보다 못한 엄마가 그러자고 했다. 남은 보증금을 받아봐야 지하방 한 칸도 얻기 어려운 적은 액수였다. 지금 생각하면 그때 끝까지 말리지 못한 것이 후회됐다. 엄마에겐 전 재산에 해당되는 금액을 내놓았는데도 빚은 줄기는 고사하고 오히려 불어나기만 했다.

세탁기가 고장난 지 한 달이 지났는데도 새것은커녕 중고도 아직 못 샀다. 세탁기보다 더 급하게 돈 들 일이 많아서 엄두를 내지 못하고 있었다. 손빨래를 하니 힘도 들지만 건조시키는 일이 더 문제였다. 얇은 옷은 밤새 방 안에 널어 말리면 다음날 입을 수 있지만 청바지처럼 두꺼운 옷은 잘 마르지 않는다. 급할 땐 다리미로 다리거나 해서 해결할 수밖에 없다. 애타는 마음도 모르고 딸은 나에게 사서 고생을 한다며 삐죽거렸다.

추운 날씨에 아이들과 늙은 엄마를 데리고 이사할 일이 걱정이었다. 나도 모르게 한숨이 나왔다. 남편이라도 있었다면 사정이 달라졌을까 하는 생각이 잠시 들었지만 이내 고개를 저었다. 남편이라고 무슨 수가 있을까. 당장 이사도 해야 하고 밀린 공과금도 적은 액수가 아니다. 어디서부터 잘못된 것일까? 불확실한 미래에 대한 불안과 눈앞에 놓인 현실이 무겁게 가슴을 짓눌렀다.

"너무 걱정하지 마세요. 제가 어떻게 해볼게요."

엄마를 안심시키기 위해 말은 그렇게 했지만 대책이 없다. 아이들 학교 때문에 멀리 갈 수도 없는데 가진 돈으로 근방에서 구하기가 쉽지 않을 것 같다. 아무리 발버둥 쳐도 형편이 나아질 수 없다는 무력감이 심장을 옥죈다. 벌써 몇 년째 곡예를 하듯 위태롭게 살고 있지만 언제까지 버틸 수 있을지 알 수 없다. 연주라도 찾아가볼까. 돈이 생긴다면 무슨 일이든 할 것 같은 심정이다.

"너도 종일 피곤했을 텐데 이만 자자꾸나."

어머니의 가라앉은 목소리가 좁은 방 안을 울렸다.

연주와 만나기로 한 카페는 쉽게 찾을 수 있었다. 집에서 걸어서 20분 거리였다. 수없이 이 길을 다녔지만 한 번도 들어가 보지 않았다. 내겐 한가롭게 앉아 차를 마실 여유 따위는 없었다. 약속시간까지는 아직 시간이 넉넉했다. 카페 안으로 들어가기 전, 나는 유리벽에 비친 모습을 보며 옷매무새를 가다듬었다. 한 시간 넘게 거울 앞에 서 있었지만 산 지 십 년도 훨씬 넘어 유행이 지난 옷차림은 초라하고 어색했다. 제멋대로 불어난 군살 덕에 간신히 채운 재킷 단추는 금방이라도 터질 것처럼 팽팽했다.

괜찮아. 나는 기어들어 가는 마음을 억지로 추슬렀다. 한껏 멋을 부린 여자가 콤팩트를 들고 화장을 고치고 있었다. 여자 옆에 다소곳하게 놓인 샤넬 가방은 내 급여의 몇 달치가 될 터이다.

연주를 만난 건 내가 일하고 있는 치킨집에서였다. 그날따라 비가 부슬부슬 내리고 바람까지 불어서 손님이 뜸했다. 사장은 손님도 없는데 그동안 미루고 있었던 파마나 해야겠다며 미장원에 가고 없었다. 경애엄마도 없으니 혼자서 가게를 지키고 있었다. 해질 무렵이었는데 비가 와서 그런지 오가는 사람도 없이 거리가 조용했다. 모처럼 드라마나 볼까 하고 텔레비전 채널을 돌리는데 남녀 한쌍이 어깨를 감싸 안고 들어왔다.

"여기 후라이드 한 마리하고 맥주 500cc 두 잔 주세요."

체격과 목소리가 다 큰 남자는 전작이 있었는지 얼굴이 불콰했다. 여자도 볼이 발그레했다. 남자와 여자는 치킨이 나올 때까지도 쉼 없이 속닥거렸다. 남자가 무슨 말을 하면 여자는 세상에서 가장 재미있는 이야기를 들었다는 듯 숨이 넘어가게 웃었다. 참 유별난 커플도 다 있다 싶었다. 맥주 2,000cc를 비우고 나서야 두 사람은 일어설 채비를 했다. 남자가 계산을 하는 동안 뒤에서 기다리고 있던 여자가 갑자기 "혹시 복희 아니니?" 하고 내 이름을 불렀다. 복 많이 받으라고 복희라는 이름을 지어주었다고 했는데 복은커녕 지지리 궁상에 고생만 하고 있었다.

놀라기는 나도 마찬가지였다. 여고를 졸업하고 20년이 훨씬 지난 시간이었다.

연주는 몰라보게 달라져 있었다. 예전엔 가무잡잡했던 얼굴이 도화지처럼 하얘지고 머리칼도 기름을 부은 듯 윤이 났다. 몸매 역시 처녀라고 해도 믿을 만큼 날씬하고 매끈했다. 얼핏 보면 20대라고 해도 믿을 것 같았다. 그러니 내가 금방 못 알아볼 수밖에. 이게 얼마만이냐며 반갑다는 인사를 하면서도 연주의 차림새에 자꾸 눈이 갔다. 하필이면 이런 꼴로 만나다니. 기름때가 찌든 앞치마에 무릎이 튀어나온 바지 차림이었다. 나는 앞치마 자락만 애꿎게 잡아당겼다.

30분이나 늦게 온 연주는 길이 막혀서 어쩔 수 없었다는 말을 하며 핸드백에서 접이부채를 꺼내 부채질을 했다. 가늘고 흰 연주의 손가락에서 다이아몬드 반지가 반짝거렸다.

"많이 기다렸어?"

기다리게 해서 미안하다는 말 정도는 해야 하는 거 아닌가 싶었지만 입을 다물었다. 사는 동안 이 정도의 무시는 헤아릴 수 없을 정도로 당하고 살았다. 사람들은 자신이 얼마만큼의 힘을 가졌는지 정확하게 알고 있었다. 대출을 받기 위해 만났던 은행원도, 월세를 올리겠다던 집주인도, 마트의 관리자나 식당 사장도 모두 같은 태도였다. 당연히 나 같은 사람에게는 예의 같은 건 차리지 않아도 된다고 여기는 듯했다. 나 역시 그 사람들의 행동에 화가 나지도 슬프지도 않았다. 나의 자존심은 이미 오래전에 팽개쳐졌다. 새삼스레 당황할 일이 아니었다.

"아니, 조금. 근데 날도 추운데 웬 부채질이야?"

"갱년기 증세잖아."

연주는 커피를 시키고 나는 자몽차를 주문했다. 연주가 찻값을 내겠다고 하는 걸 황급히 말렸다. 연주에게 부탁을 하러 왔으니 내가 내야 할 것 같았다.

비 오는 날 뜻밖의 조우를 하고 난 후에 가게에서 연주와 두 번 더 만났다. 한 번은 남자와 왔고 한 번은 혼자였다. 치킨을 먹으러 왔다고 했지만 연주가 혼자 왔을 때는 나를 만나러 일부러 온 것 같았다. 결혼하고 5년 만에 이혼했으며 아들은 남편이 데려가서 지금까지 혼자 지내고 있다는 말을 담담하게 했다.

"이혼하고 많이 힘들었어. 외출도 거의 안 하고 멍하니 앉아 있기만 했으니까. 밤이 돼도 술을 마시지 않으면 잠들 수 없었지. 매일 소주를 두 병 정도 마셨어. 그러다가 문득 내가 이러다 정신이상자가 되는 게 아닐까 하는 생각이 들더라. 죽는 건 괜찮은데 미쳐서 머리 풀고 맨발로 뛰어다니는 걸 상상하니 끔찍했어. 그렇게 되기는 정말 싫었거든."

그날 나는 연주의 자주색 승용차에 동승해서 늦게까지 시간을 보냈다. 맛집으로 소문난 레스토랑에서 파스타를 먹고 바다를 따라 드라이브를 했다. 공과금조차 제때 못 내고 있는 내 눈에 연주는 다른 차원의 세계에 사는 사람 같았다. 날이 어두워져서야 연주와 헤어졌다. 연주는 그 시간에 피부 관리실에 간다고 했다.

"언제라도 전화해. 친구 좋다는 게 뭐니. 어려울 때 서로 돕고 살아야지."

전화번호를 교환하면서 연주가 선심 쓰듯 찾아오라는 말을 했다.

연주와 헤어져 오는 길, 흔들리는 버스에서 나는 차창에 비친 얼굴을 물끄러미 바라보았다. 대리석처럼 희고 반들거리던 연주의 피부와 세련된 차림새와 예쁜 승용차와 붉은 손톱이 눈앞에 어른거렸다. 연주의 화려한 차림이나 누구에게도 구애받지 않는 자유로움 같은 것들이 부러운 것은 아니었다. 최소한 연주는 당장 방을 비우지 않아도 되는데다 밀린 공과금 때문에 가스나 전기가 끊길까 걱정하지 않아도 될 터였다. 내가 부러워하는 것은 훨씬 현실적인 것들이었다.

"너 혹시 속으로 날 비웃는 건 아니겠지?"

커피를 한 모금 마시고 나서 연주가 다리를 꼬며 물었다. 말과는 달리 마치 아랫사람에게나 하듯 거만한 태도였다.

"아니, 전혀 그렇게 생각하지 않아. 그랬으면 내가 이렇게 찾아왔겠니. 노래방에서 일하는 게 뭐 어때서. 어디서 어떤 일을 하느냐보다 얼마나 버는가가 더 중요해. 나는."

단호한 내 말에 연주의 눈이 휘둥그레졌다. 뜻밖이라는 표정이었다.

연주는 이혼하면서 제법 많은 위자료를 받은 덕에 30평형대의 아파트와 차가 있었다. 아파트는 혼자 사는 데 크다 싶어 월세를 놓고 자신은 작은 원룸에서 생활하고 있었다. 월세와 현금 가진 것을 아껴 쓰면 생활은 되지만 마냥 노는 것도 지루해서 일을 한다고 했다. "그래서 말인데, 짐작했겠지만 나도 너 하는 일 할 수 있을까 하고 말이야."

"진심이야?"

꽉 막힌 상황에서 다른 출구가 없었다. 출구를 찾아 새로운 시도를 하면 할수록 늘 견고한 벽에 부딪쳤다. 벽을 뚫기 위해 안간힘을 쓰며 노력할수록 벽은 더 단단해지고 높아졌다. 돌아오는 건 피투성이가 된 내 마음과 몸뚱이뿐이었다. 나는 아이들과 노모를 책임지고 있는 가장이었고 내가 벌지 못하면 식구들은 굶어죽을 수밖에 없는 형편이었다. 이제는 더 이상 돌아갈 길도 없다. 나는 돈이 필요했고 도움을 요청할 데도 없었다. 남자들을 상대로 웃음을 팔고 목이 쉬도록 노래를 부르고 때로는 몸까지 팔아야 하는 짓거리를 해서는 안 된다는 알량한 도덕관도 내게는 사치에 불과했다.

"내가 나가는 데는 그냥 노래방이 아냐. 술도 같이 파는 노래 주점인데?"

"못 할 이유가 없잖아."

연주는 일주일 후에 일자리를 소개해주겠다며 몇 가지 숙제를 내주었다. 숙제는 피부 관리와 머리손질을 하고 유행하는 옷을 두 벌 정도 구입하라는 것 등이었다. 모두 돈이 들어가는 일이었다. 당장 화장품도 문제였다. 그동안 샘플로 얻은 것 말고는 제대로 된 화장품을 사본 적이 없었다. 어렵겠지만 일단 부딪쳐보기로 했다. 지금까지와는 다르게 살 수 있을지도 모른다는 실낱같은 희망에 돌아오는 발걸음이 제법 가볍게 느껴졌다.

노래방에서는 손님이 아무리 짓궂게 굴어도 불쾌한 티를 내면 안 된다. 억지로 계속 웃고 있으니 일을 마칠 때쯤이면 입가에 경련이 일기 일쑤다. 종아리는 물론이고 발등까지 부어 있을 때도 허다하다. 내가 어떤 일을 하는지 알 리 없는 딸애는 엄마 다리가 김장 무 같다며 숨이 넘어가도록 깔깔거렸다. 서운한 마음이 들지만 내색할 수도 없다.

새벽 3시가 지나고 있었다. 엄마 옆에 꽃무늬 스펀지 요를 펴고 누웠다. 밤을 거의 새우다시피 했던 탓에 눈 뜰 기운도 없을 만큼 피곤했다.

아들은 아직도 집에 들어오지 않았다. 공부도 제법 하고 얌전한 아이였는데 어느 순간부터 이상하게 변해버렸다. 학교에서 징계를 받은 것도 세 차례나 된다. 야단도 치고 타이르기도 해보았지만 점점 더 엇나가기만 했다. 생각해보면 아이만 나무랄 일도 아니었다. 아버지는 행방조차 모르고 나는 나대로 생활에 지쳐 아이에게 관심을 가지지 못했다. 사는 것이 왜 이렇게 힘이 드는지 모르겠다. 멀리서 다급하게 울리는 구급차 소리가 가물거렸다.

잠깐 잤나 했는데 벌써 어스름 저녁이었다. 새벽부터 오후가 될 때까지 밥도 먹지 않고 종일 내처 잔 모양이었다. 휴대폰이 맹렬하게 울렸다. 번호를 확인하고 목소리를 가다듬어 "여보세요." 최대한 상냥하게 받았다. 노래방 사장의 호출이었다. 손님이 갑자기 몰려서 그런다며 당장 나올 수 있는지 물었다. 아무리 급해도 사양할 처지가 아니었다. 나는 곧 가겠다는 대답을 하고 시계를 확인했다.

한 시간 안에 도착하려면 서둘러야 했다. 몸을 일으키는데 허리가 뜨끔 한다. 높은 구두가 무리였던 것 같았다. 의사는 치료도 중요하지만 굽 높은 구두는 절대 안 된다고 주의를 주었다. 하이힐을 신지 않으면 통증이 훨씬 덜할 걸 알지만 일을 나갈 때는 어쩔 수 없었다.

물먹은 솜처럼 늘어져 있던 몸을 간신히 일으켜 샤워를 하고 분단장을 했다. 왼쪽 눈 밑에 눈물점처럼 생긴 기미를 감추느라 가루분을 떡칠했다. 화장이 아니라 분장한 배우 얼굴이 되어버렸다. 빨리 가기 위해 어쩔 수 없이 택시를 탔다.

노래방 주위는 마치 새벽 어시장만큼이나 시끌벅적했다. 늦은 밤의 거리는 거의 미쳐 있었다. 취객들은 삼삼오오 떼를 지어 비틀거리고 몸을 가누지 못한 이는 아예 길에 드러누워 있었다. 한쪽에선 대리운전을 부르느라 연신 휴대폰을 눌러대고 침과 가래를 길바닥에 함부로 뱉어댔다. 광란의 분위기에 웬만큼 익숙해졌다 해도 아직도 나는 이런 광경과 맞닥뜨릴 때마다 불편하다.

4층짜리 건물이 온통 먹을거리와 즐기는 업종으로 꽉 찬 건물의

지하에 노래방이 있었다. 제법 규모가 있는 업소인데 방 크기나 인테리어가 중급 이상이었다. 고객들의 수준도 고만고만해서 도우미들 사이에서는 괜찮다는 평이 돌았다.

먼저 카운터에서 방을 배정받고 화장실에 들러 화장을 고친 다음 방으로 들어갔다. 속이 거북하고 머리가 흔들거렸지만 입꼬리를 올리고 웃는 연습하는 것도 잊지 않았다.

방에는 네 명의 남자들과 도우미 두 명이 있었다. 키가 땅딸막한 남자는 서 있기도 힘이 드는지 도우미에게 몸을 기대고 있었다. 남자의 몸을 받치고 있는 도우미는 뭐가 그리 즐거운지 연신 생글거리고 있었다. 초록색 원피스를 입은 도우미는 탬버린을 흔들고 있었는데 억지로 웃는 모습이 헝겊 가면을 쓴 것 같았다.

어느 집단에서나 다 그렇듯 이런 난장판에서도 등급이 있었다. 빼어난 외모와 노래 솜씨를 겸비한 여자들에게는 1급에 해당하는 등급이 매겨졌다. 이런 부류들은 몸값을 올리느라 일부러 약속을 펑크 내기도 한다고 들었다. 과로로 쓰러졌다는 등의 이유를 대며 엄살을 떠는 연극도 마다하지 않는다던가.

내가 어디에 앉아야 할지 가늠하기 위해 손님들을 훑어보았다. 대개는 그날의 주인공이나 상사가 도우미들의 자리배정을 하기 마련이었다. 상황을 파악하느라 손님들을 살피고 있는데 갑자기 눈이 부리부리하고 주먹깨나 쓰게 생긴 남자가 팔을 확 잡아끌었다. 무방비 상태라 저항할 틈도 없이 끌려가서 남자의 무릎에 풀썩 앉았다.

"우선 한 잔 받으시고."

남자가 술잔을 내밀었다. 잔에 담긴 맑은 액체가 어서 마시라는 듯 찰랑거렸다.

"빨리 안 받고 뭘 해?"

남자가 왁살스레 내 손목을 당겨 술잔을 쥐어주었다. 독한 냄새가 코를 찔렀다. 쓴 약 같은 술을 단숨에 털어 넣었다. 목젖이 불에 덴 것처럼 화끈거렸다. 연거푸 석 잔을 마시게 했던 남자가 홀 중앙으로 나가 마이크를 잡았다. 남자의 손에 끌려 나도 앞으로 나갔다. 남자는 느린 블루스 곡을 부르기 시작했다.

두 명의 남자와 도우미들도 블루스를 추기 위해 짝을 맞췄다. 1절을 부르고 나서 간주곡이 흐르는 사이에 남자가 허리를 조여 안으며 뺨에 입술을 갖다 댔다. 남자의 입에서 시궁창에서나 날 법한 구린내가 났다. 피해볼 요량으로 사장님 많이 취하셨나 봐요, 어쩌구 하며 고개를 돌리는데 남자가 갑자기 탁자 위에 있던 감자칩을 입에 물고 왔다. 이걸 가지고 설마? 할 사이도 없이 남자가 물고 온 감자칩을 내 입에 밀어 넣었다. 나도 모르게 소리를 지르며 침이 묻은 감자칩을 뱉었다.

"어, 이것 봐라. 내가 준 걸 뱉어? 그럼 다시 주면 되지."

목까지 시뻘게진 남자가 씩씩거렸다. 성난 코뿔소 같았다. 남자가 입술을 실그러뜨리며 다시 칩을 물고 내 팔을 바싹 당겼다.

"그래도 입엣 걸 넣는 건 좀 ……."

남자는 내 말은 아예 들으려고 하지도 않았다.

"뭐? 곤란하다고? 생긴 것도 어디 먹다 던진 개떡같이 생겨가지고. 덜 떨어진 년 때문에 오늘 기분 잡치게 생겼네."

남자의 말이 채 끝나기 전에 손이 올라가고 뺨이 휙 돌아갔다. 모욕감에 앞서 남자를 죽일 것 같은 살의 때문에 사지가 떨렸다. 이를 악물고 아이들을 생각하려고 애를 썼지만 머리가 텅 빈 듯 아무 생각도 나지 않았다.

벌겋게 손자국이 난 뺨을 두 손으로 감싸고 있는데 문이 벌컥 열렸다. 사장이 사색이 되어 들어왔다. 그 사이에 누군가 사장에게 일러바친 모양이었다. 초록색 원피스가 나를 한심하다는 표정으로 바라봤다. 엉망이 되어버린 분위기에 일행들도 인상을 썼다.

"아이구, 손님 죄송합니다. 제가 사과하는 의미로 노래방비도 안 받고 안주도 서비스해드리겠습니다. 그리고 쫙 빠진 아가씨로 다시 불러드리겠습니다."

남자의 비위를 맞추느라 사장은 연신 비굴하게 머리를 조아렸다. 내 앞에선 늘 거만할 정도로 당당하던 사장이 죄인처럼 빌고 있었다.

머리가 땅에 닿도록 사과를 해도 남자는 화를 풀지 않았다. 다급해진 사장이 초록색 원피스를 구석으로 데리고 가서 한참동안 귓속말을 했다.

"손님께 이런 실례를 하면 어떡해요. 일하러 나왔으면 제대로 해야죠."

초록 원피스가 마치 철없는 어린 동생에게 하듯 나를 나무라며 씩씩거리고 있는 남자의 옆에 다가 앉았다.

"오빠, 너그럽게 용서해주세요. 대신 제가 오빠 기분 화끈하게 풀어 드릴게요."

남자의 목을 끌어안으며 원피스가 콧소리를 냈다. 치마가 말려 올라가 엉덩이가 반쯤 드러났다. 꿈쩍도 않던 남자가 원피스의 애교에 기분이 풀린 기색이었다. 남자가 만 원짜리 지폐 석 장을 꺼내서 원피스의 가슴 안으로 집어넣으며 말했다.

"여자가 이래야지. 자기는 얼굴도 예쁘고 몸매도 쪽 빠진데다 마음까지 예뻐요. 못난 것들이 성질도 더럽다니까."

초록 원피스가 여봐란 듯이 나를 향해 생글거렸다. 더 이상 방에 있을 수 없어서 밖으로 나왔다. 아직까지도 뺨이 얼얼했다. 화끈거리기도 했다. 하지만 뺨을 맞은 모욕감보다 수입이 사라져버렸다는 낭패감이 더 크게 느껴졌다. 택시까지 타고 왔는데. 끝까지 참지 못했던 것이 후회스러웠다. 냉장고의 음료수들을 정리하고 있던 사장이 못마땅하다는 표정으로 나를 불렀다.

"아까 일은 아줌마가 잘못한 거예요. 일단 일을 하러 나왔으면 어떤 이유라도 손님 기분을 상하게 해서는 안 되죠. 그리고 말이 나왔으니까 말인데요, 도우미 부르는 남자들이 잠깐이라도 유쾌하고 즐겁게 놀자는 건데 아줌마 얼굴 보면 기분이 나겠어요? 여기가 무슨 탑골공원도 아니고. 옷도 좀 신경 쓰고 웬만하면 얼굴도 손 좀 봐요. 요새 의술이 얼마나 좋습니까? 돈을 벌려면 투자를 해야지. 땡전 한 푼 안 들

이고 어떻게 돈을 벌어요. 그렇다고 원판이 좋은 것도 아니고. 연주
씨 친구라기에 사정을 봐줬더니 에이."

사장이 말끝에 퇴하고 침을 뱉었다. 내가 마치 사장의 입에서 뱉어
낸 가래침 같은 기분이 들었다.

〈아름다운 성형외과〉는 대로변에 위치해 있었다. 간판을 확인한
나는 망설임 끝에 엘리베이터의 단추를 눌렀다.

성형외과는 입구부터 고급 호텔을 방불케 하는 분위기였다. 상아
색의 대리석 바닥은 방금 기름칠을 한 듯 반들거리고 벽에는 반라의
여인이 붉은 소파에 앉아 있는 그림이 걸려 있었다. 어디선가 상큼하
고 달콤한 향기가 풍겨 왔다. 젊은 여성 두 명이 차를 마시며 귓속말
을 하고 있었다. 내가 와서는 안 될 곳을 온 것 같아 어깨가 슬며시 움
츠려졌다. 나는 주춤거리며 두 명의 여성이 앉아 있는 반대편 의자에
살며시 앉아 순서를 기다렸다.

"이복희 님 진료실로 들어오세요."

간호사가 내 이름을 불렀다.

"어떻게 도와드릴까요."

40대 중반으로 보이는 의사가 상냥하게 물었다. 부드러운 말과는
달리 은테 안경 속의 실눈이 매섭게 보였다.

"저, 코하고 눈을 하고 싶은데……. 이상해 보일까요?"

죄를 지은 것도 아닌데 자꾸만 목소리가 기어들어 갔다.

"이상하긴요. 몰라보게 예뻐지죠. 요즘은 티도 안 나고요. 시간도 많이 안 걸리니까 점심시간에 나와서 잠깐 받고 가는 직장인들도 많아요."

혹시 부작용은 없을까 염려하자 의사는 그런 일은 단 한 번도 일어나지 않았다며 안심시켰다. 정말 달라질까 생각하는데 의사가 비용이나 수술날짜 예약은 창구에서 매니저와 의논하라며 다음 환자 들어오라는 버튼을 눌렀다.

진료실을 나오자 기다리고 있던 매니저가 수술비용과 수술시간 등을 상세하게 안내해주었다. 설명을 끝내고 매니저가 예약날짜를 잡겠느냐고 물었다. 수술비용을 계산해보니 나로선 불가능한 액수였다. 나도 모르게 머리를 절레절레 흔들었다. 좀 더 생각해보겠다는 말을 하고 일어서려는데 매니저가 수유 걱정 안 해도 되는 40대들이 가슴도 많이 한다는 말을 덧붙이며 내 눈치를 살폈다. 나도 모르게 밋밋한 가슴을 손으로 가렸다.

"어쩐 일로 집에까지 오라고 한 거야?"

"별일은 아니구, 그냥 편하게 집에서 너와 이런저런 이야기나 좀 하고 싶어서."

연주가 내 앞에 놓인 잔에 소주를 채우며 심상하게 말했다.

손님에게 뺨을 맞고 쫓겨난 뒤로 전혀 일을 하지 못했다. 인기 있는 도우미들에 비해 나를 불러 주는 곳은 고작 두세 곳에 지나지 않았다. 그랬는데 그날 일이 있고 나서부터 약속이나 한 듯 아무 데서도 일을 주지 않았다. 하루에도 몇 번씩 전화와 문자를 하고 찾아가기도 해봤지만 한결같이 냉담하기만 했다. 밖에서 만나자던 손님에게 전화를 해볼까 하는 생각도 해봤지만 그럴 용기는 나지 않았다. 사장의 말대로 얼굴도 고치고 몸매도 가꾸고 고급의상으로 치장하면 불러주겠지. 그렇지만 그렇게 하려면 엄청나게 많은 비용이 들 텐데 지금 형편으로는 꿈도 꿀 수 없다.

연주도 노래방 사장과 같은 말을 했다. 무한 경쟁의 시장에서 살아남으려면 스스로 먼저 바뀌어야 한다고. 못하겠으면 이쪽 일은 깨끗하게 단념하고 다른 일을 찾아보라고 충고했다. 다시 치킨집에서 감자나 튀겨야 하나. 그조차 다시 받아준다는 보장도 없었다.

"어디 인생 역전할 방법이 없을까?"

"있을 리가 있니. 우리 같은 하층 계급들은 평생 이 꼴로 끙끙거리다 죽는 거지 뭐."

연주가 혀 꼬부라진 소리로 맞장구를 쳤다.

속상한 나머지 거푸 서너 잔을 마셨더니 취기가 올라왔다. 가슴이 더부룩하고 토할 것처럼 매스꺼웠다.

"그날 말이야. 정말 감자칩에 침이 묻어 있었어?"

연주가 손빗을 만들어 머리카락을 쓸어 넘기며 물었다. 반짝거리는 연주의 반지에 자꾸 눈이 갔다. 나는 의식적으로 반지를 보지 않으려고 애를 썼다.

"침뿐이겠어? 담배냄새는 또 얼마나 지독하든지. 가래까지 묻어서 감자가 아예 흐물흐물 했다니까. 개새끼. 생각하면 치가 떨려."

"일하다 보면 그보다 훨씬 더한 일도 수두룩해."

"어쩌다가 남의 침 묻은 감자까지 받아 먹어야 하는 신세가 되었는지 모르겠어."

말을 해놓고 보니 내가 마치 길에 기어 다니는 벌레가 된 기분이었다. 온 몸을 땅바닥에 대고 필사적으로 먹이를 찾아 헤매는 작고 보잘 것 없는 벌레……

아이들을 생각해서 뭐든지 돈이 될 만한 것은 가리지 않고 하겠다고 마음을 다졌다. 그러나 막상 일거리 찾기가 쉽지는 않았다. 처음 일은 갈빗집에서 설거지하는 일이었는데 나중에는 손바닥이 허옇게 벗겨졌다. 주방에서 같이 일하는 사람들이 피부과에 가보라고 했지만 병원비가 겁나 연고만 사서 바르고 말았다. 그때 생긴 흉터자국이 아직도 남아 있다. 식당을 그만두고 나서는 마트에서 물건 정리하기, 우유 배달, 가사 도우미까지 안 해본 일이 없었다. 이 일 저 일을 전전한 끝에 얻은 치킨집이 그나마 나은 편이었다. 연주도 치킨집에서 만났다. 연주 덕분에 하게 된 노래방 일을 하는 데 갈등은 없었다. 식구들을 먹여 살려야 한다는 명분 앞에서는 어떤 이유도 무색했다. 힘도 크게 들이지 않고 시간도 비교적 자유로운 데다 잘만 하면 수입이 꽤 좋다는 말이 솔깃하기도 했다. 그랬는데 그마저 이제 할 수 없게 되었다. 지금 심정이라면 도둑질도 할 것 같다.

"아줌마 서둘러요. 감자도 미리미리 썰어 놓고요."

무리하게 힘을 주었더니 칼질을 할 때마다 손목이 시큰거렸다. 아프다는 말을 했다가는 그만두라는 말이 나올까봐 입을 꾹 다물었다. 사장은 하루에도 두세 번씩 다시 받아준 걸 고마워하라며 생색을 냈다. 하긴 여기조차 받아주지 않았다면 차가운 바람을 맞으며 기름에 찌든 석쇠를 닦거나 또 손이 부르트도록 설거지를 하고 있었을 터다.

연주의 집을 방문했던 날, 연주가 술에 취해 코까지 골며 곯아떨어진 것을 확인하고 나는 황급히 원룸을 나왔다. 가방 속에는 연주의 결혼반지가 들어 있었다. 당장이라도 연주가 달려 나와 가방을 확 열어젖힐 것만 같아서 거푸 뒤를 돌아 봤다. 심장이 터질 것처럼 방망이질을 했다. 이혼했지만 결혼반지만큼은 간직하고 싶다고 했던 연주의 말이 뇌리에 감돌았다. 미안했다. 벼랑 끝에 몰린 나를 도와준 친구의 반지까지 훔치다니. 죄책감과 자괴감이 엄습했다. 나는 마음을 모질게 먹으려고 다짐 했다. 미안하지만 지금은 어쩔 수 없어. 나는 무거운 셔터를 내리듯 고개를 쳐드는 죄책감을 지그시 눌렀다. 어떡하든 이번 고비만 넘기자. 열심히 노력해서 다음에 더 얹어서 갚으면 되잖아. 나는 최면을 걸 듯 약해지려는 마음을 다잡으며 집으로 가는 버스에 올랐다. 그러나 도둑질한 다이아 반지로 얼굴에 칼질을 해서라도 좀 더 낫게 살아보려 했던 희망은 물거품이 되었다.

그날은 아침부터 비가 내렸다. 그러나 날씨와는 반대로 내 마음은 장밋빛 희망으로 설렜다. 며칠 동안은 씻지 못할 걸 생각해서 샤워도 꼼꼼하게 했다. 기분이 좋은 탓인지 콧노래까지 흥얼거려졌다. 영문도 모르는 엄마는 무슨 좋은 일이 있느냐며 의아해했다. 엄마에게는 가게 일이 바빠서 이틀 동안 집에 못 들어온다고 둘러댔다. 노래방 옆에 있는 찜질방에서 지낼 생각이었다. 이만하면 준비는 완벽했다. 이제 며칠만 지나면 새로운 인생이 펼쳐질 터였다.

왼팔에 가방을 끼고 선 채로 서랍을 열었다. 반지 판 돈을 아무도 모르게 서랍 깊숙이 넣어두었다. 나는 심호흡을 하고 나서 손을 밀어 넣었다. 누가 훔쳐보고 있을 것 같아 알몸을 들킨 것처럼 얼굴이 뜨거워지고 맥박이 빨라졌다. 봉투를 잡으려는 손끝이 저절로 떨렸다. 그런데 이상했다. 봉투가 손에 잡히지 않았다. 잘못 기억하고 있나 싶어 모든 서랍을 다 열어보았다. 그러나 없었다. 혹시? 순간 불길한 예감이 스쳤다. 새벽에 황급히 집을 나가던 아들의 모습이 떠올랐다. 가슴 한쪽에서 쿵 하는 소리가 났다. 그러고 보니 아들이 짊어진 백팩이 유난히 불룩했다.

불길한 예감은 잘도 맞았다. '엄마 미안해요. 제가 다음에 갚을게요.' 노트를 찢어 급하게 휘갈겨 쓴 쪽지가 봉투 대신 놓여 있었다. 놀란 나머지 자리에 풀썩 주저앉고 말았다. 온 몸의 피가 다 빠져나간 것처럼 머릿속이 하얘졌다. 비명소리를 듣고 엄마가 달려왔다. 열어 젖힌 서랍과 내 얼굴을 번갈아 쳐다보던 엄마의 표정이 흉하게 일그러졌다.

수입이 나아지면 아들에게 스마트폰도 사주고 딸이 그토록 갖고 싶어 하던 브랜드 운동화도 사줄 계획이었다. 그러나 소박한 내 희망 사항들은 엉망으로 틀어졌다. 당연한 결과지만 연주한테도 들키고 말았다. 사정이 너무 급해서 그랬다고, 나중에 꼭 돌려주려 했다고 아무리 호소해도 믿으려 하지 않았다. 화가 난 연주는 도둑년하고는 친구가 될 수 없다며 절교를 선언했다.

아들의 소식은 엉뚱한 데서 날아왔다. 아들은 가출한 여자 친구와 같이 있다 찜질방에서 붙잡혔다. 둘을 찾아낸 여학생의 엄마는 내 아들이 자기 딸을 납치했다며 경찰에 신고하겠다고 길길이 뛰었다. 잘못을 모두 아들에게만 뒤집어씌우는 것이 못마땅했지만 대거리를 할 기운도 없었다.

"아니, 바빠 죽겠는데 일하다 말고 먼 산만 바라보면 어떡해요?"

허리를 펴느라 잠깐 손을 놓았을 뿐인데 사장이 또 지청구를 했다.

거리에는 몰려나온 인파로 발 디딜 틈 없이 북적거렸다. 곧 크리스마스였다. 반짝거리는 트리 사이로 선물꾸러미를 손에 든 사람들이 총총걸음으로 지나갔다. 근심이나 걱정은 아예 모른다는 듯 모두 넉넉하고 행복해 보이는 표정들이었다. 애초부터 나는 행복해지고 싶은 꿈조차 꾸어서도 안 되는 것이었을까? 나도 모르게 울컥, 목이 메었다. 저렇듯 사방에 널린 행복이나 평안들은 늘 나를 비껴가기만 했다. 내가 꾸었던 작은 꿈은 물거품이 되었다. 나는 다시 고개를 숙이고 감자를 썰었다.

물방울이 떨어지고 있었어

세탁기에서 빨래를 꺼내는데 등이 선득하다. 허리를 펴고 일어서려니 이번엔 콧등 위에 물방울이 툭 떨어진다. 천장에 작은 풍선을 매단 것처럼 여러 개의 물방울이 맺혀 있고 그것들은 차례대로 한 방울씩 떨어지고 있었다. 그러고 보니 물이 샌 지는 꽤 오래 되었는지 여기 저기 페인트가 벗겨진 자리에 꺼멓게 곰팡이까지 피어 있었다. 베란다의 문을 열고 외벽에 금이 갔는지 살폈지만 실핏줄만 한 틈도 없다. 어떻게 이렇게까지 되도록 여태 몰랐을까. 미주는 자신의 무신경을 탓했지만 그동안 물이 새는 낌새는 전혀 없었다.

빨래를 탈탈 털어 널고 나서 관리실에 신고를 했다. 삼십 분 뒤에 오겠다고 했지만 한 시간 뒤에나 올지 모르겠다. 관리실에서 약속시간을 지킨 적은 거의 없다.

미주는 천정의 물기를 닦아 내고 나서 어항을 옆으로 살짝 밀었다. 물방울이 떨어질 때마다 물고기들이 사격을 당한 것처럼 놀라기 때문이다. 살짝 밀었는데도 힘이 들어갔던지 어항의 물이 타일 바닥에 쏟아졌다. 비늘이 둥둥 떠 있는 물에서 물고기 비린내가 진동한다. 미주가 고개를 돌리며 살짝 코를 찡그렸다. 이곳 아파트에 입주하기 전부터 있었으니 금붕어와 한 집에서 산 지가 벌써 오 년이 되어 간다.

물고기는 처음엔 맑고 투명한 오렌지색이었는데 차츰 칙칙하게 변해 가더니 이젠 검은 자줏빛이 되고 말았다. 뭉툭하게 변형된 주둥이도 자세히 보고 있으면 흉물스럽기 그지없다. 언젠가 신문에서 보았던 사람 얼굴 형상을 한 물고기를 닮은 것 같기도 하다. 사람을 닮았다고 생각하자 순간 공포영화를 보고 있는 것처럼 팔에 소름이 돋는다.

웬만하면 그대로 두어도 되겠지만 희수 성격으로는 어림없을 거다. 희수는 집안이 조금만 어질러져 있어도 참지 못하고 언제나 깨끗하게 정리돼 있어야 한다. 심지어 신발장 안의 신발 한 짝이라도 뒤집혀져 있거나 반듯하지 않으면 엄청나게 화를 낸다. 그래서 미주는 언제나 희수에게 청소당번이 검열을 받듯 긴장한다. 아침에 충분히 걸레질을 해놓아도 희수가 퇴근할 즈음이면 습관적으로 먼지가 있는지 확인하곤 한다.

미주는 물비누를 풀어 냄새가 가실 때까지 빡빡 소리가 나도록 바닥을 씻어냈다. 그 바람에 바지까지 다 젖고 말았다. 바지를 벗고 갈아입으려는데 항문 주위가 타들어가는 느낌이다. 살 주위도 찌릿찌릿하다. 신경이 칼끝처럼 예민해져 쓰린 부위를 도려내고 싶다. 미주는 입으려던 옷을 도로 벗어 놓고 욕실로 들어간다. 항문에다 샤워기를 대고 틀자 내장까지 쏠려 나올 것처럼 엄청나게 쎈 물줄기가 쏟아졌다. 가려움증이 조금 덜하다. 그러나 더러운 병원균이 죽었을 것 같지는 않다.

처음엔 조금 따끔거리는 정도였다. 희수가 난폭하게 미주를 벗기고 섹스를 하고 난 뒤면 으레 나타나는 증세였다. 대수롭지 않게 생각했는데 그게 아니었다. 이따금 뜨끔거리던 아랫도리가 어느 순간 참을 수 없도록 가렵고 쓰라렸다. 그때서야 퍼뜩 집히는 것이 있었다. 두 달 전 희수는 학회를 핑계로 일주일 동안 태국에 다녀왔다. 그때 희수는 현지에서 만난 여자와 잤다고 제 입으로 말했다. 미주는 아무 대꾸도 하지 않았고 희수가 오히려 관심이 없다며 트집을 잡았다. 생각이 거기에 미치자 분한 마음에 치가 떨렸다.

의사는 왜 혼자 왔느냐며 다음에는 반드시 배우자와 같이 와야 한다고 주의를 주었다. 그러면서 남편도 알고 있는지 물었다. 의사가 함부로 대하는 것 같아 속이 뒤집힐 정도로 기분이 상했다. 그때도 미주는 의사보다 희수에게 더 화가 나고 절망스러웠다. 버스가 출발하고 나서야 뒤늦게 노선을 잘못 탄 것을 깨달았을 때와 같은 낭패한 기분. 다시 돌아가기에는 시간이 너무 늦어버렸다는 느낌. 아니, 아무 데도 돌아갈 곳이 없어져버린 막막함 같은 것.

언제부터 그렇게 생각하게 되었을까. 희수의 포악이 갈수록 심해지고 더 이상 몸에 난 상처를 숨기기 어렵게 되고부터였을까. 미주가 갑자기 발을 잘못 디딘 것처럼 휘청한다.

미주가 다시 얼굴을 찡그린다. 주사 맞은 자리가 예리한 송곳에 찔린 것처럼 따끔거렸다. 간호사가 서툴렀던지 주사 바늘을 빼는데 제법 많은 양의 피가 흘렀다. 한참을 누르고 있었지만 병원을 나설 때까지 잘 멎지 않았다.

"아줌마, 그러니까 주사 맞은 자리 꽉 누르고 있으라고 했잖아요. 주사 한두 번 맞는 것도 아니고 맞을 때마다 이러면 어떻게 해요. 어머, 내 손에도 묻었네."

피가 묻은 솜을 떼 내며 간호사는 미주가 끔찍한 전염병 환자라도 되는 것처럼 호들갑을 떨었다. 성병 따위나 치료 받으러 다니는 부류의 인간에게까지 예의를 차릴 필요가 있겠냐는 듯이 무례하고 불손했다. 치료를 받으러 다니는 동안 여러 번 당하는 일이었기에 미주는 어금니 사이로 스멀거리며 올라오는 모멸감을 애써 누를 수밖에 없었다. 한편으론 희수도 똑같이 당할지도 모른다는 생각에 마음이 놓였다. 말은 하지 않았지만 미주가 병원에 다녀온 다음 날 희수도 직장과 집에서 멀리 떨어진 병원을 찾아간 일을 알고 있었다.

관리소에서 사람이 왔다. 땅딸막한 키에 어깨가 다부진 오십대 초반의 영선 반장과 아들 뻘쯤 되어 보이는 청년이었다. 청년은 끝이 뭉툭한 망치를 들고 있었다.

"물이 많이 셉니까?"

영선 반장이 미주를 보고 인사했다. 변기가 막혔을 때와 다른 일로 몇 번 본 터라 안면이 있었다. 베란다로 가서 천장을 보니 땅콩만 한 물방울들이 빼곡히 맺혀 있다.

"언제부터 샜습니까?"

"잘 모르겠어요. 근데 물이 샌 지는 제법 오래된 것 같아요."

영선 반장이 집게손가락으로 귀를 후벼 파며 낭패한 표정을 지었다.

"처음에 어떻게 알았어요?"

"천정에서 갑자기 물방울이 떨어졌어요."

"갑자기라고 하셨지만 갑자기가 아니었을 거예요. 이것 보세요. 이렇게 물이 샌 자국이 여기저기 번진 걸 보면 꽤 오랫동안 티 나지 않게 물이 스며들고 있었다는 거죠."

"윗집에서 샌 걸까요?"

미주는 자신 없는 목소리로 물었다.

"글쎄요. 더 지켜봐야죠. 저번 달에 109동에서도 이런 일이 있었는데 아직 원인을 못 찾았어요. 희한하게 상황이 그때하고 똑같은 게 왠지 찜찜하네요. 그러지 않아도 신고 받고 곧바로 윗집에 먼저 가서 살펴봤는데 별다른 이상을 발견 못 했어요. 윗집에서 자기들이 잘 아는 수맥 전문가가 있으니 불러서 알아보겠다고 하더군요. 물 새는 거 알아 내는 데는 그 사람들이 직방이라고요. 그건 그렇고, 비 올 때는 어땠어요?"

"그건 제가 모르죠. 비 올 때도 새는 줄 몰랐으니까요. 비하고는 상관없는 것 같은데요. 요 근래에 비가 온 적이 없잖아요. 그런데도 물이 새는 걸 보면. 만약 윗집 탓이 아니라면 관리소에서 보수해주는 겁니까?"

"에이, 그런 것까지 일일이 어떻게 다 해줍니까. 관리소가 이 댁만을 위해서 있는 것도 아닌데요."

인터폰이 울리고 윗집 여자가 수맥 탐지하는 분들이 왔다며 잠깐 내려가도 되겠느냐고 물었다. 예의 한 옥타브가 올라간 소프라노 음성이었다. "그러세요." 미주가 짧게 대답하고 인터폰을 내려놓는데 벌써 문 앞에서 발자국 소리가 났다. 수맥 탐지하는 사람은 두 명의 남자였다. 몸이 비대하고 구레나룻이 진하게 난 남자는 방금 산에서 곰을 쫓다 온 사냥꾼 같았다. 윗집 여자와 두 명의 수맥 전문가는 한참 동안 물이 새는 천장을 이리저리 살펴보았다. 몸집이 작은 남자는 타월로 물기를 닦아 내고 막대 같은 기구를 대보기도 했다. 뒤에서 어정쩡하게 서 있던 영선 반장과 청년은 슬그머니 가버렸다.

"제 생각으로는 윗층에서 새는 것 같지는 않습니다."

구레나룻이 단호하게 장담했다.

"이렇게 해봅시다. 지금 다 같이 윗집으로 가서 윗집 사모님 집 베란다 바닥에 물을 채워 놓고 아래층으로 새는지 관찰하는 겁니다. 만약 물이 조금이라도 줄어들면 윗층에서 새는 게 맞는 거지요. 지금으로서는 그 방법밖에 없을 것 같습니다."

더 이상 반박할 이유도 없어 미주는 순순히 남자를 따라 윗집으로 갔다. 윗집 베란다에는 작은 토분들이 놓여있고 그 속에는 여러 가지의 야생화가 들어 있었다. 구레나룻이 토분과 세탁바구니를 들어내고 하수구의 구멍을 꼼꼼하게 막았다. 수도꼭지를 틀자 물은 순식간에 베란다 바닥에 가득 찼다. 파란색 타일 바닥에 물을 채워 놓으니 수족관을 옮겨다 놓은 것 같았다.

"됐습니다. 아마 보나마나 물이 줄지는 않을 겁니다."

구레나룻이 미주를 힐끔 보며 말했다. 듣기에 따라서는 미주를 약올리는 것 같기도 했다.

"그러게 말이에요. 자꾸 우리 집 때문이라고 하니까 어쩔 수 없이 이렇게 해보기는 하지만 제가 보기에는 아니라니까요. 보일러도 멀쩡하구요."

윗층 여자가 구레나룻의 말에 맞장구를 쳤다. 여자의 비난 섞인 투정을 들으며 미주는 난리를 피운 적은 없다고 생각했지만 말을 하지는 않았다.

밤이 늦어서야 돌아온 희수에게 물 새는 이야기를 했더니 눈앞에 윗층 사람이 있으면 멱살이라도 쥘 것처럼 화를 냈다.

"그걸 보고 여태 가만히 있었단 말이야? 이런 안전 불감증이 큰 사고를 불러들인다는 것을 몰라?"

희수는 물이 샌 원인이 윗집 때문이라고 확신하는 것 같았다. 당장 따져야겠다며 인터폰을 드는 희수를 말리느라 진땀이 날 지경이었다. 그러나 미주는 물이 새는 것보다 터무니없이 펄펄 뛰는 희수의 태도가 몇 배나 더 불편하고 불안했다.

"걱정하지 말아요. 관리소에서도 보고 갔으니까 무슨 조처가 있겠죠. 당장 방 안에 비가 새는 것도 아니고. 그리고 윗집에 수맥 탐지하는 사람이 와서 물을 채워 놨어요. 물이 줄어들면 그 집이 원인인 거 맞대요."

간신히 진정을 시켰지만 희수는 좀체 흥분을 가라앉히지 않았다. 사소한 일로 터무니없이 화를 내는 일이 이번이 처음은 아니다. 결혼하고 일주일도 되지 않아서 생긴 일도 그랬다. 방문을 마주보고 있던 침대를 옆으로 돌려놓았는데 그때도 희수는 믿지 못할 만큼의 화를 냈다. 아무리 둘만 사는 집이었지만 문을 열면 바로 누워 있는 사람의 발이 보이는 것은 민망했다. 더구나 방문 앞이 주방이었고 식탁에 앉으면 침대가 보였다. 이런 저런 이유를 설명했지만 결국은 한밤중에 다시 침대를 원래대로 옮겼다. 희수는 그러고 나서야 잠이 들었다. 덕분에 아래층 집에서 엄청난 욕을 들어야 했다.

"하여튼 내일 아침에 확실하게 해서 고쳐 놓도록 해."

희수는 상사가 업무지시를 하듯 감정이 배제된 목소리로 말해 놓고 방으로 들어갔다. 직장에서의 그는 성실하고 능력 있는 제법 괜찮은 사람으로 평가받는다. 드물지만 미주가 결혼을 잘했다는 말을 들을 때도 있었다. 미주는 희수의 양복을 들고 베란다로 간다. 희수는 바지의 주름이 조금만 구겨지거나 똑바르지 않아도 참지 못한다. 양복에 묻은 먼지를 털어 내고 물뿌리개로 몇 번 분무해둔다. 그러면 다림질을 한 것처럼 감쪽같이 주름이 펴진다.

"빨리 안 들어오고 뭐해?"

잠이 든 줄 알았는데 희수가 미주를 부른다. 화를 내던 조금 전과는 달라진 질척한 목소리다. 그러고 보니 오늘이 금요일이다. 섹스하는 날이다. 섹스하는 날이 정해져 있을까 의아해할 수도 있겠지만 미주와 희수는, 아니 희수는 결혼하고 지금까지 지켜오고 있다. 심지어 첫 결혼기념 여행을 가서도 정한 날짜가 아니라는 이유로 희수는 미주의 손만 잡고 잤다. 모든 사안을 자신의 기준과 계획에 따라 하는 희수로써는 당연했다. 희수는 사랑도 정해진 계획과 순서에 따라 진행시키고 결정하는 것이라고 생각한다.

"뭐해? 빨리 안 들어오고."

미주가 미적거리자 희수의 목소리가 금방 신경질적으로 변한다. 미주는 치료받는 중에도 섹스를 하겠다는 희수가 끔찍한 짐승처럼 느껴진다.

미주는 전자레인지 밑에 넣어둔 피임약 한 알을 꺼내 화장실로 들어간다. 샤워기로 세척을 하고 비행접시 모양의 말랑말랑한 약을 질 깊숙이 밀어 넣었다. 손을 빼내는데 질 벽에서 묵직한 통증이 느껴진다.

아이가 있었다면 사는 것이 이렇게 막막하지 않았을 텐데 하는 생각이 잠깐 스쳤다. 비슷한 시기에 결혼한 미주의 친구들은 유치원생이나 초등학생의 학부형이 되어 있었다. 그동안 두 번 임신을 했지만 모두 잘못되고 말았다. 한 번은 희수의 주먹에, 또 한 번은 성화에 못 이겨 지우고 말았다. 첫 번째는 산부인과를 찾았을 때 이미 임신 오 주였다. 의사는 미주에게 태아는 건강하지만 그에 비해 산모의 건강 상태는 형편없다고 했다. 무엇보다 정신적인 안정을 위해 가족의 협조가 필요하다는 말을 했다. 그러나 미주는 희수에게 임신 사실을 한동안 말할 수 없었다. 임신 사실을 알았을 때 희수가 어떤 반응을 할지 두려웠다. 기회를 엿보다 사실을 말했을 때 희수는 안절부절 어쩔 줄 몰라 했다.

"아직은 아니야. 이렇게 빨리 부모가 되리라고는 예상하지 못했어.

나는 아버지가 될 아무런 준비도 되어 있지 않아."

자리에 앉지도 못하고 서성이다 결국엔 아이를 없애라고 윽박질렀다. 미주는 그가 아이를 책임져야 한다는 일에 대해 두려워하고 있다고 생각했다.

"나도 걱정스러워요. 하지만 우리 두 사람 사이에 생긴 아이에요. 나는 낳아서 잘 키우고 싶어요."

"뭐? 잘 키워? 너 혼자서 키우겠다는 말이야. 그럼, 그 애가 내 애가 아닌 거야?"

"당신 미쳤어요?"

미주의 말이 끝나기 전에 길길이 뛰던 희수가 주먹을 날렸다. 배를 잡고 뒹굴면서 미주는 어쩌면 이것으로 두 사람 사이가 끝날지도 모른다는 생각을 했다. 미주의 바람과는 달리 희수는 끝까지 두 사람의 관계를 끝내려고 하지 않았다.

오랫동안 유산의 후유증을 앓았다. 아이 생각만 하면 가슴에 얼음 주머니를 댄 것처럼 시리고 먹먹해진다. 미주의 심정을 아는지 모르는지 희수는 늘 말끔한 얼굴이다.

"뭘 그렇게 꾸물거리고 있어?"

희수가 급하게 미주를 끌어당기며 브래지어 속으로 손을 집어넣는다. 갑자기 차가운 손에 기습을 당한 가슴에 소름이 돋았다.

"이렇게 뻣뻣한 건 또 뭐야."

거친 숨을 몰아쉬며 미주 위로 올라온 희수가 불만스럽게 내뱉었다.

"오늘은 그냥 자요. 병원에 다니고 있는 거 알잖아요."

격해진 감정 탓에 미주의 목소리가 앙칼졌다.

"병원이라니 무슨."

희수가 모른 척했다.

"당신 정말 몰라요? 저번에 학회 다녀오고 나서 생겼잖아요. 당신도 병원에 다니는 거 다 알고 있어요. 그런데도 어쩜 그렇게 뻔뻔스러울 수가 있어요. 미안해하지는 못할망정 병원에 다니는 사람한테 꼭 이래야 되겠어요?"

그러나 미주의 다음 말은 거칠게 밀어붙이는 희수의 몸에 묻혀버렸다. 희수가 죽은 듯 엎어져 있는 것을 보고 몸을 일으킨 미주는 늘 그래 왔던 손놀림으로 희수의 사타구니에 묻은 점액질의 분비물들을 꼼꼼히 닦아낸다. 녹아내릴 듯 흐물거리는 희수의 페니스를 뽑아버리고 싶은 걸 참느라 입술을 꽉 다물었다.

헬스클럽의 문을 밀자 시끄러운 음악이 누군가를 집어삼킬 기세로 왈칵 터져 나온다. 아파트 자체에서 운영하는 헬스클럽은 회비는 저렴하지만 샤워시설이 없어 불편하다. 삼층 건물 중에 일층이 스쿼시장이고 이층이 헬스장, 삼층에는 에어로빅실로 사용한다. 미주는 평일의 저녁과 주말 낮에 주로 운동을 한다.

빨간색 손수건을 질끈 동여맨 여자가 러닝머신 위에서 노래에 맞춰 몸을 흔들고 있다. 박자에 맞춰 빠르게 걷는 발은 발대로 높이 올린 양 팔은 팔대로 춤을 추듯 흔들어대고 있다. 여자는 속으로 줄어든 몸무게와 허리 사이즈를 계산하고 있는지도 모르겠다. 어깨가 드러난 티셔츠 등에 땀자국이 흥건하다. 그래도 성에 차지 않은지 여자는 더욱 속도를 빨리했다. 미주는 여자가 심장이 터져버릴지도 모르겠다는 생각이 든다.

미주는 몇 번 허리를 좌우로 비틀어 몸을 푼 다음 러닝머신 위로 올라선다. 천천히 속도를 올려 숫자 6에서 멈춘다. 걷기 시작하자 서서히 숨이 가빠지며 몸이 더워진다. 미주는 계기판의 숫자를 점점 높인다. 손바닥에 땀이 나고 등이 후끈거린다. 조금만 더 빨리해서 달리다 보면 잡다한 상념에서 놓여날 수 있을 것 같다. 6, 7, 8, 9 미주는 속도를 계속 올린다. 빠르게 걸음을 옮길 때마다 미주는 희수, 아이, 성병, 물방울 같은 단어를 한 개씩 내뱉는다. 미주의 가슴을 뚫고 나온 단어들은 허공을 둥둥 떠다닌다. 계기판의 눈금이 14에 이르렀을 때 미주의 심장은 터질 듯 벌떡거렸다. 잠깐 짧은 현기증에 눈을 감았다 뜬다. 벽에 매달린 티브이 화면이 온통 벌겋게 물들어 있다. 포르노 뺨치는 저질 외화가 버젓이 방영되고 있다. 헬스 사범은 자전거에 걸터앉아 여자들과 잡담을 하고 있다. 그의 둥근 얼굴이 식용유를 뒤집어쓴 것처럼 땀으로 번들거린다. 화면 속에서는 돼지 머리를 눌러놓은 것처럼 느물거리는 얼굴을 한 직장상사가 여직원에게 노골적인 추파를 던지고 있다. 여직원의 지나치게 가녀린 몸매가 덩치 큰 상사를 이길 것 같지 않다. 상사가 더 이상 못 참겠다는 듯이 바지춤을 내리며 여자를 누른다. 붉고 더러운 상사의 혀가 여직원의 입술을 사정없이 헤집는다. 고통을 못이긴 어린 여직원이 상사의 튀어나온 배를 걷어찼다. 상사가 여직원의 뺨을 때리는 순간 미주는 고개를 돌려버린다. 운동할 기분이 싹 가시고 말았다. 미주는 스위치를 꺼버리고 러닝머신을 내려왔다. 종아리가 뻐근했다.

희수는 버릇대로 소파에 비스듬히 누워 티브이를 보고 있었다.

"윗집에서는 뭐래?"

희수가 화면에 눈을 준 채로 물었다.

"두고 보재요."

흘깃 화면을 보던 미주의 표정이 바뀐다. 조금 전 헬스클럽에서 보았던 영화다. 피가 얼굴 전체로 몰리는 기분이다.

"그런 것 좀 안 보면 안돼요?"

되도록 감정을 드러내지 않으려 했지만 목소리가 올라갔다.

"왜 이런 게 어때서."

희수가 버럭 고함을 지른다. 희수에게 뭔가 말을 하려던 미주는 금방 단념하고 만다.

퇴근 시간의 버스 정류소는 시끄럽고 번잡스러우며 활기차고 나른하다. 아까부터 육교 위에 붙은 뮤지컬의 광고 현수막을 망연히 보고 있던 미주는 자신이 지금 집에 가길 주저하고 있다는 것을 깨달았다. 문을 열 때마다 느끼게 되는, 싫다는 감정을 넘어 진저리가 쳐지는 희수에 대한 혐오감 때문이다. 그것들은 꼭꼭 닫아둔 쓰레기통 뚜껑을 열었을 때 흘러나오는 악취처럼 희수가 쏟아 내는 폭력과 광기, 냉정함과 비열함. 그리고 이해할 수 없는 몸부림들이다.

미주가 흘깃 하늘을 올려다본다. 비가 오려는지 먹구름이 잔뜩 끼어 있다. 금방이라도 장대비가 쏟아질 기세다. 미주는 천천히 눈을 돌려 앞에 서 있는 남자를 바라본다. 젊은 남자가 장미 다발을 안고 서 있다. 금방이라도 멍울을 터트리며 솟아오를 것 같은 붉은 장미는 흐린 하늘 위의 구름과 선명한 대조를 이룬다. 남자는 오늘 사랑하는 여자에게 고백을 하려는 것일까. 아니면 아내의 생일이거나 두 사람의 결혼기념일일 수도 있겠다. 조금 뒤에 일어날 즐거운 일을 상상하는지 남자의 얼굴에는 옅은 미소가 어렸다. 남자의 모습에서 충분하게 사랑을 주고받은 사람들의 여유가 느껴진다. 그런 모습이 어디선가 본 듯 낯설지 않다는 생각과 함께 희수가 떠올랐다. 단정하고 흐트러짐이 없는 몸가짐. 깨끗한 피부와 사려 깊게 보이는 가라앉은 깊은 눈동자. 그리고 섬세한 손까지. 그러나 그 모든 것들은 이제 무서운 무기로 변한 지 오래됐다. 아무리 사용해도 성능이 떨어지거나 마모되기는커녕 오히려 손에 익어 더욱 다루기 쉽게 길이 든 도구처럼. 미주가 저도 모르게 부르르 몸을 떨었다.

대학을 졸업한 미주는 이듬해 여중학교의 역사교사가 되었다. 미주는 동료였던 수학교사의 권유로 희수를 소개 받았다. 대학 이학년 때 남자친구를 잠깐 사귀었던 적이 있었지만 그가 외교관이었던 아버지를 따라 가는 바람에 자연스레 헤어졌다. 내켜 하지 않는 미주에게 동료교사는 한번 만나보기만 하라고 등을 밀었다. 만나서 영 마음에 들지 않으면 그 자리에서 일어나도 괜찮으니 편하게 생각하라며 권했다. 그러나 아마 서로가 잘 맞을 거라는 말도 잊지 않았다. 희수는 박사과정을 수료하고 모교에서 일주일에 세 시간 강의를 하고 있었다. 미주와 나이 차가 좀 많은 것이 걸렸지만 큰 문제라고 생각하지는 않았다.

선배의 말대로 희수의 첫인상은 그리 나쁘지 않았다. 나쁘지 않은 것이 아니라 어느 부분 호감이 가는 곳도 있었다. 여름이었는데도 물색의 긴팔 셔츠를 입은 단정한 모습이 모범생을 대하는 느낌이었다. 다음날 희수가 퇴근하는 미주를 기다리고 있었다. 의외의 행동에 조금 놀라긴 했지만 섬세하고 조용한 첫인상과 달리 저돌적인 면도 가졌구나 싶어 매력으로 느껴지지도 했다. 미주가 수동적인 반면 희수의 적극적인 태도가 두 사람의 관계를 순조롭게, 그리고 빠르게 진척시켜 나갔다. 가끔 자신의 의지와는 달리 엉뚱한 길로 가고 있는 게 아닌가 싶을 때도 있었지만 미주가 그런 생각에 몰두하도록 희수가 틈을 주지 않았다. 그와 결혼할 때까지 사귄 3년 동안 미주는 희수에게 화가 나거나 기분이 상한 적이 없다. 딱 한 번 약속시간보다 십 분 정도 늦은 적이 있었다. 뒤에서 오던 승용차가 희수가 탄 버스를 추월하려다 일어난 접촉사고 때문이었다. 그때도 단지 십여 분이 늦었을 뿐인데도 희수가 너무나 미안해서 미주가 더 미안할 지경이었다.

미주는 마치 학생들이 봄방학이 끝나면 학년이 올라가듯 희수와 결혼했다. 희수가 강력하게 원했고 미주도 그즈음은 그를 사랑한다고 믿었다.

결혼 전의 희수에게서 현재의 모습을 상상하기는 어렵다. 희수는 늘 다정하고 자상하고, 솜털처럼 부드러웠으며, 단정하고 예의 발랐다. 연애기간 동안 희수는 한 번도 미주에게 섹스를 요구하지 않았다. 그러나 짝이 맞지 않는 퍼즐 조각 같은 희미한 그림은 금방 지워지고 만다. 지금 미주가 겪고 있는 일상의 고통들에 덮여 희수의 예전 모습은 이제 흔적조차 없다.

결혼하고 석 달도 안 돼서 희수가 뺨을 때렸을 때 그녀는 도저히 믿기지 않아 제 눈을 몇 번이나 비벼댔다. 자기가 알고 있던 희수가 맞는지 물어보고 싶었지만 너무 놀라 말이 나오지 않았다.

미주는 그날 학교 행사 때문에 늦게 퇴근했다. 언제나 그렇듯 희수는 미주가 아침에 집을 나갈 때의 모습 그대로 손 하나 까딱하지 않고 놓아두었다. 싱크대 위에는 접시와 컵들이 쌓여 있고 거실과 방은 무질서하게 어질러져 있었다. 찬거리를 사들고 허겁지겁 달려와서 저녁밥을 짓는 미주를 보면서도 희수는 소파에 비스듬히 누워 모른 척했다. 준비한 저녁을 차려놓고 불렀는데 희수는 거들떠보지 않고 방으로 들어가버렸다.

식탁에 앉아 나오기를 기다리고 있는데 팬티 바람의 희수가 부엌에 있던 미주를 방으로 끌고 갔다. 그리고는 전혀 준비되지 않은 미주의 몸을 거칠게 비집고 들어왔다. 미주는 모르는 남자에게 강간을 당하고 있는 것 같은 수치심 때문에 깨물고 있는 입술을 심하게 떨었다. 그때 진작 희수의 성정을 눈치챘어야 했다. 그러나 결혼한 지 삼 개월밖에 되지 않았던 미주는 희수가 숨기고 있었던 폭력성을 미처 알 수 없었다. 하긴 그때 알았다 해도 무엇이 달라졌을까 하는 자조적인 심정이 되기도 했다. 단정하고 맑은 희수의 얼굴 뒤에 숨어 있는 이해할 수 없는 광폭함은 어디서 비롯된 것일까. 갑자기 희수가 믿을 수 없을 만큼 화를 내며 미주의 다리를 확 당겨 벌렸다. 허벅지 안쪽이 찢어지는 것 같은 통증이 일며 눈물이 핑 돌았다. 순간 아픈 것보다 참을 수 없는 모욕감 때문에 미주는 자신도 모르게 희수의 가슴을 거칠게 밀어 냈다. 희수가 벌떡 일어나 거짓말처럼 미주의 뺨을 갈겼다. 눈앞에 불이 번쩍 일며 모닥불을 지핀 것처럼 볼이 화끈거렸다. 감각이 무딜 정도로 얼얼해진 뺨을 만지며 미주는 너무 놀라 방금 일어났던 일들이 비현실적으로 느껴졌다. 아주 나쁜 꿈을 꾸다 깨어난 듯 미주가 멍한 얼굴로 바라보자 희수는 마치 확인 사살을 하듯 머리채를 잡아끌었다. 머리카락이 한 움큼이나 뽑혀 나가는 중에도 미주는 어떻게 자신에게 이런 일이 일어날 수 있는가 의아했다. 헝클어져 앞으로 쏠린 머리를 쓸어 올리는데 입안에 찝찔한 피 맛이 느껴졌다.

"나를 거부하는 건 참을 수 없어. 너는 왜 나를 간절히 원하지 않지?" 희수가 포획한 먹이를 처치하듯 미주를 쓰러뜨렸다. 그러나 희수의 행동이 난폭해질수록 미주의 몸은 점점 더 차갑게 굳었다.

"미안해 잘못했어. 내가 잠시 미쳤었나봐."

별러 왔던 일을 실수 없이 단번에 해치운 것처럼 홀가분한 표정까지 짓던 희수가 갑자기 미주 앞에 무릎을 꿇었다. 희수의 그런 모습이 미주는 주먹을 휘두를 때보다 훨씬 더 무섭고 끔찍했다.

버스가 도착하자 사람들이 재빨리 출입문 앞으로 달려갔다. 그러나 미주는 선뜻 발을 올릴 수가 없었다. 차 꽁무니에서 시커먼 매연이 뭉텅뭉텅 새 나왔다. 꽃을 든 남자도 어느새 보이지 않았다. 교복을 입은 여학생을 마지막으로 태우고 버스는 곧 바로 출발했다. 버스가 떠나자 정류소에는 미주 혼자만 남았다. 이번에도 또 그냥 보내고 말았다. 미주는 벌써 세 번째 집으로 가는 버스를 타지 않았다.

"이제는 회복할 수 없다는 것을 알아. 그러니 너도 이제 너 갈 길로 가."

희수는 폭력을 휘두르고 나면 정해진 수순처럼 용서를 빌며 말했다. "이젠 너무 늦어버렸어."

미주는 자기도 모르게 불쑥 튀어나온 말에 놀랐다.

미주는 버스 타기를 단념하고 걷기 시작했다. 곧 저녁 식사시간이었다. 희수와 식탁에 마주 앉아본 지가 언제인지 기억조차 까마득하다. 미주는 늘 혼자서 식사를 한다. 때로는 티브이를 켜 놓거나 어두운 유리창에 비친 자신의 모습을 마주보며 하기 싫은 일을 하듯 밥을 먹는다. 김치나 콩나물 따위를 한데 넣은 대접을 들고 쭈그려 앉아 꾸역꾸역 먹고 나면 체하기 일쑤였다. 숨도 쉬기 어려울 만큼 갑갑해지면 미주는 주먹으로 자신의 가슴을 팡팡 소리 나게 두들겼다. 그럴 때면 살아 내는 일이 너무 힘들고 아득해서 목이 메었다.

미주는 좌우를 살핀 후에 아파트 후문 쪽으로 걸음을 옮겼다. 비보호 신호인 이곳에서는 가끔 서로 사인이 맞지 않은 차들끼리 접촉사고가 일어나기도 한다.

"안녕하세요?"

엘리베이터를 기다리는데 윗집 여자가 인사를 했다. 들고 있는 검정 비닐봉지 위로 구물거리는 낙지발이 보였다. 오늘저녁 메뉴가 낙지볶음인가. 낙지들은 봉투 밖으로 나오려고 필사적으로 몸부림을 쳤다.

"이것들이 왜 자꾸 나오려고 하지."

윗집 여자가 신경질적으로 손을 움직여 봉지를 단단히 묶어버렸다. 순간 자신도 모르게 미주의 얼굴이 일그러졌다. 여자와는 본래 절친한 사이도 아니었지만 베란다 물 새는 일이 있고부터 더 어색하고 불편하다. 거기다 나쁜 일은 한꺼번에 모아 온다더니 하필 병원에서 윗집 여자를 만나고 말았다.

"그게 원래 잘 안 낫더라구요."

미주는 윗집 여자의 말이 대놓고 비아냥거리는 것 같아 불쾌했다. "정말 어찌나 지독한지 저도 엄청 고생했다니까요."

주위를 한번 둘러본 여자가 목소리를 낮추었다.

"나는 글쎄 남편이 옆에 오기만 하면 걸린다니까요. 그런데도 우리 그이가 너무 좋아하니까 못하게 할 수도 없고."

목소리가 둘이서 엄청난 일을 공모하기라도 한 것처럼 은근하다. 미주는 여자의 느물거리는 목소리에 울컥 비위가 상했다. 자기와 병명이 분명히 다르다는 것을 알면서 능청을 떠는 태도가 역겹기만 했다. 여자는 계속 미주가 자기의 거짓말에 속고 있다고 믿는 건지도 모르겠다. 아무리 능청을 떨어도 미주는 여자의 의뭉스런 속내를 이미 알고 있다. 미주가 결코 드러내고 싶어 하지 않는 더러운 병명과, 시도 때도 없는 발작적인 가려움을 알면서 시치미를 떼고 있다. 그러면서 정말 아무것도 모르고 있다는 표정 뒤에 음험한 관음증을 숨기고 있다.

미주는 수치와 분노로 여자의 얼굴에 왈칵 오물을 토해버리고 싶은 심정이 된다. 그러나 여자는 미주의 표정을 읽지 못한 것 같았다.

"네." 미주는 짧게 대답했다.

병원에서 윗집 여자를 만나리라고는 전혀 예상하지 못했다. 미주는 일부러 집 근처의 병원을 놔두고 다섯 정거장이나 차를 타고 나갔다. 자신을 알아보는 사람이 아무도 없는 곳에 가고 싶었다. 그런데 일부러 피해서 간 그곳에서 진찰을 마치고 처방전을 받으려 기다리다 윗집 여자와 맞닥뜨렸다.

"여기는 어쩐 일이세요. 아참, 내 정신 좀 봐. 병원에 온 걸 보면 당연히 치료받으러 왔을 텐데."

여자는 필요 이상의 친밀감을 나타내며 반가워했지만 미주는 갑자기 나타난 여자를 보자 구정물을 뒤집어쓴 기분이었다. 기껏 피해서 온 데서 여자를 만나다니 낭패스러웠다.

"질염 땜에 벌써 일주일째 다니는데 별 차도가 없는 것 같아요. 여기가 잘 본다고 해서 찾아왔는데 별론가 봐요."

미주가 묻지도 않는데 여자가 말했다. 그리고는 미주를 빤히 쳐다봤다. 너도 역시 나와 같은 이유냐? 하는 눈치다. "그랬군요." 미주는 긍정도 부정도 아닌, 애매하게 대답했다. 병원 바로 앞에 약국이 있었지만 미주는 바쁜 일이 있다는 말을 하고 그냥 와버렸다. 여자와 같이 약국에 가고 싶지 않았다.

"참 베란다 물은 그대로이던데요."

엘리베이터에서 내리는 미주의 뒤통수에 대고 메롱 하듯이 여자가 냅다 소리를 질렀다.

화장대 위의 우편물을 펼쳐보는 미주의 눈이 휘둥그레졌다. 희수가 쓴 카드대금이 저번 달보다 배가 넘었다. 미주에게 주는 생활비보다 더 많은 액수다. 대학에 자리를 잡은 희수는 안정된 수입이 있었지만 미주에게는 여전히 인색하기만 했다. 카드명세서를 살피는 미주의 표정이 분노로 이글거렸다. 희수는 백화점 명품코너에서 한꺼번에 양복을 두 벌이나 구입했다. 식사도 거의 유명 패밀리 레스토랑에서 했다. 희수는 아직 한 번도 고급 레스토랑에 미주를 데려가준 적이 없었다.

미주는 커피 찌꺼기가 묻어 있는 물컵을 헹궈 약을 먹었다. 빼먹지 말고 제시간에 맞춰 먹어야 한다는 주의를 들었는데도 자주 시간을 어기게 된다. 개수대엔 벌써 컵이 여섯 개나 나와 있다. 희수는 컵을 하루에 열 개씩이나 내놓는다. 한 번 입에 댄 컵은 절대 다시 사용하지 않는다. 다시 왼쪽 엉덩이가 바늘뭉치에 찔린 것처럼 쑤신다. 계속해서 한 쪽에만 주사를 맞아서다. 오른쪽은 이미 주사 자국으로 딱딱해져서 돌처럼 굳어 있다. 뜨거운 찜질을 하고 주물러도 좀처럼 풀리지 않는다. 발목도 아프다. 이십 년이 된 낡은 건물은 엘리베이터까지 고장이 났다. 할 수 없이 병원이 있는 6층까지 걸어가다 발목을 삐끗했다.

"좀 어떠세요." 의자에 비스듬히 기대 있던 의사가 몸을 일으키며 물었다.

의례적인 물음이었다.

"그냥 그래요. 특별히 더 하지도 않고 덜하지도 않고.……."

옆에 서 있는 간호사가 그 봐라는 듯이 입술을 샐쭉했다. 미주는 간호사가 왜 저렇게 자신에게 불친절한지 알 수 없었다.

"그 참, 대개는 2주 정도면 치료가 되는데 이상하군요. 매독이나 임질에 비해 헤르페스는 치료기간이 짧은 편입니다. 보통 2주 정도 치료하면 호전되지만 간혹 한 달 이상 가는 경우도 있습니다. 하긴 원래 이 병이 이렇기도 합니다. 감염되고 나서도 곧바로 증세가 나타나기도 하지만 때로는 몇 달, 혹은 몇 년 후에 증상이 나타나기도 하니까요. 잠복기가 길수록 치료기간도 길어지는 수가 많습니다. 환자분도 두 달 전에 남편으로부터 감염된 것 같다고 했지만 어쩌면 그보다 훨씬 전에 감염되었을 수도 있습니다. 단지 증세가 나타나지 않아 몰랐을 수도 있죠. 한번 잘 생각해보십시오."

의사는 싱긋 의뭉스럽게 웃으며 간호사에게 처방전을 넘겨주었다.

미주는 천정을 보고 누웠다. 화장대 위에 매달아둔 종이 움직인다. 제법 큰 종 밑에 앙증스럽게 작은 종이 다섯 개 달려 있다. 백화점의 인도 풍물전을 구경 갔다가 맑고 투명한 소리가 좋아서 샀던 것이다. 문틈으로 들어온 바람에 흔들리는 걸까. 눈을 감고 한참 듣고 있으면 마음이 차분하게 가라앉는다. 미주는 허리를 짚고 일어나 구리종을 흔들어 본다. 미주의 마음이 흔들리는 종을 따라 어딘가로 흘러가는 것 같다. 언제까지 이렇게 살아야 하나. 끝이 보이지 않는 막막함이 가위에 눌린 것처럼 답답하다.

방문종 소리가 나고 도어폰 화면에 남자 두 명이 보였다.

미주가 디지털 키의 오픈을 누르고 손잡이를 비틀어 문을 열자 영선 반장이 성큼 들어섰다. 저번에 같이 왔던 청년이 반장 뒤에 바짝 붙어 들어왔다.

"계속 물이 흐르던가요."

영선 반장이 물었다. 말을 하며 투박한 망치로 벽을 툭툭 쳤다.

"네, 보세요. 지금도 물방울이 떨어지고 있잖아요."

"나 참, 원인을 알 수 없으니 답답하구만. 그럼 이유가 뭐란 말이지." 영선 반장이 혼잣말로 중얼거리며 베란다 밖을 살폈다.

"그러면 윗층에 기대할 것밖에 없네요. 물을 채워 놨으니 올라가서 확인해봐죠."

"만약 물이 줄어들지 않았으면 어떻게 하죠?"

"그렇게 되면 당연히 사모님이 해결하셔야죠. 이걸 다 파헤쳐서 보수를 하려면 여간 일이 아닙니다. 방수하고 시멘트 바르고 타일 붙이는 것까지 일도 많고 공사비용도 만만찮을 겁니다. 그보다는 어디서 새는지 모르는 게 더 문제죠."

말을 하는 영선 반장은 표정뿐만 아니라 목소리까지 눈에 띄게 느긋해졌다. 자기는 할 도리를 다 했으니 이제 책임에서 벗어났다는 의미 같았다.

"같이 올라가보시죠."

영선 반장이 윗집을 가리키며 말했다. 윗집의 현관 앞에는 여러 켤레의 신발이 어지럽게 널려 있었다. 미주는 신발을 벗어 한쪽 구석에 놓아두고 들어갔다. 베란다의 유리문이 한 쪽으로 밀려 있고 윗집 여자와 두 남자가 이야기를 하고 있었다. 거구의 구레나룻이 미주를 보고 아는 체했다. 미주도 가볍게 목례를 했다. 분위기를 보니 구레나룻이 장담한 대로 물이 줄지 않은 것 같았다. 물속에 플라스틱 자가 세워져 있었다. 물이 줄었는지 재본 모양이었다. 미주가 베란다에 채워져 있는 물에 손을 넣었다. 손목 위로 7, 8센티미터쯤 물이 찰랑거렸다. 눈어림으로도 물이 준 것 같지 않았다.

"어쩌죠. 물이 한 방울도 줄지 않았으니 허허허."

미주의 등 뒤에서 구레나룻이 말을 하며 과장되게 웃었다.

"자 눈으로 확인했으니 이제 저희 집하고는 상관없죠?"

윗층 여자가 미주에게 대들 듯이 말했다. 그동안 애꿎게 마음을 졸인 것이 분하다는 표정이었다. 미주는 할 말이 없었다. 영선 반장과 청년도 짐을 벗은 듯 홀가분한 얼굴이었다.

윗집 여자가 차를 마시자고 했지만 미주는 바쁜 일이 있다며 나와 버렸다. 윗층 여자도 그렇지만 구레나룻과 차를 마시고 싶지는 않았다.

천장에서는 여전히 물방울이 떨어지고 있었다. 미주는 의자를 옮겨 놓고 올라가서 찬찬히 살폈다. 그러나 누수 부분을 찾을 수 없었다. 미주는 걸레를 들고 천장의 물기를 꼼꼼히 닦아 내기 시작했다. 순간 샅 주위가 참을 수 없이 가렵기 시작했다.

불안의 정석

안내 방송이 끝나고 바로 비행기가 이륙했다. 방송은 급작스런 기상 변화로 인해 비행기가 추락하거나 테러의 위험이 생겼을 때 대처하는 방법에 관한 내용이었다. 독한 진통제를 먹은 것처럼 머리가 핑 돌며 현기증이 일어났다. 가방을 열어 비타민 한 알을 꺼내 입에 넣었다. 토할 것처럼 울렁거리던 멀미가 새콤한 맛에 조금 가라앉았다. 진통제와 소화제 같은 비상약을 준비하면서 비타민을 끼워 챙겨 넣은 것은 잘한 일 같다. 일행들은 흩어져 앉아 있는지 주위에는 모두 낯선 사람들뿐이고 공항에서 처음 얼굴을 대면한 가이드만 옆자리에서 신문을 읽고 있었다. 삼십 대 초반쯤으로 보이는, 얼굴이 둥글고 체격이 알맞은 데다 말할 때 발음을 또박또박 끊어서 하는 단정한 인상이었다. 독학으로 공부해 5개 국어를 구사한다고 했던가. 성이 천 씨라고 들었던 기억이 났다. 하품을 하던 천이 나와 눈이 마주치자 얼른 손으로 입을 가렸다. 신문은 건성이고 무언지 다른 데에 정신을 쏟고 있는 사람처럼 보였다. 그 무엇이 나에 대한 관심이라고 하면 속단일지 모른다. 그러나 탑승하기 전 짐을 부치기 위해 수화물 접수구로 이동할 때 낚아채듯 내 캐리어를 들고 가버린 행동을 자연스럽다고 할 수는 없을 것 같았다. 그러고 보면 나와 천의 자리가 붙어 있는 것도 우연이 아닐지 모른다는 생각이 들었다. 내가 지나치게 예민해져 있나 싶기도 했다. 하지만 그와의 일을 정리해보려 결행한 여행에 쓸데없는 일로 엮여 방해받고 싶지는 않았다.

여행을 계획하고 며칠에 걸쳐 청소를 했다. 여기저기 흠집이 나기는 해도 아직 더 쓸 수 있는 서랍장을 분리수거장에 갖다 내놓는 걸 본 관리인은 이사를 가느냐고 물었다. 쓰레기 수거 비용까지 내며 멀쩡한 물건을 버리는 이상한 여자라고 여기는 것 같았다. 버린 것이 서랍장뿐만 아니다. 욕실에 놓고 쓰던 플라스틱 바가지와 대야, 유행이 지나긴 해도 보기엔 웬만한 옷가지들, 냉동고에 얼어붙어 있던 식품, 예전에 다 읽었던 책. 유리가 살던 천으로 만든 작은 개집. 그러나 그의 체취나 기억이 묻어 있는 물건들은 이쑤시개 하나까지 버리지 못하고 고스란히 남겨 두었다.

유리를 보낼 때는 오래 망설였다. 일찍부터 혼자 살아왔던 탓에 나는 누구하고든 헤어지는 것이 가장 힘들고 고통스러웠다. 고통을 겪고 싶지 않아 직장의 동료나 몇 명 되지 않는 어릴 적의 친구들 외에는 되도록 타인과의 관계를 맺지 않았다. 퇴근해서 집에 오면 혼자 밥을 먹고 책을 보거나 티브이를 시청하다 잠자리에 누워 숫자를 세며 잠들기를 기다렸다. 휴일엔 목욕탕엘 다녀오고 밀린 빨래와 청소를 하는 것이 고작이었다. 지독히 추운 겨울 저녁 같은 때, 아무도 기다리지 않는 썰렁한 집에 들어설 때의 섬뜩함은 무서울 정도로 싫었다. 그런 날에는 이불을 뒤집어쓰고 소주를 마셨다. 빈속에 마신 술은 내장을 훑어 긁어 내릴 것처럼 극성을 떨었다. 먹은 것을 타 토해 내고 누런 위액조차 나오지 않게 되면 위장이 텅 비고 공허해지며 편안해졌다. 처음엔 일 년에 서너 번씩 찾아오던 불청객 같은 감정이 잦은 횟수를 거듭하던 끝에 참을 수 없는 지경에 이르렀다. 며칠 동안 세수도 하지 않고 웅크려 있는데 찾아온 친구가 미친 귀신이 된 내 모습을 보고 기겁을 했다. 선 채로 돌아갔던 그녀가 유리를 안고 다시 왔다. 웬 개냐고 내가 물었고 개라도 곁에 두면 좀 나아질 거라고 했다. 사흘쯤 지나고부터 유리와 나는 친해졌다. 드물게 밤중에 침대 위로 올라와 나를 놀라게도 했지만 기대했던 것보다 훨씬 위안이 되었다. 내가 문을 따는 소리만 듣고도 달려올 만큼 유리와 가까워졌을 즈음에 그가 왔다. 처음부터 그는 유리를 탐탁해하지 않았다. 그는 사람이든 동물이든 지나치게 밀착되는 관계를 불편해했다. 동물도 감정을 느끼는지 유리는 그를 슬슬 피해 다니더니 나중에는 얼씬도 하지 않았다. 야단을 맞은 아이처럼 식탁 밑에 들어가 있거나 제 집에 납작하게 엎드려 있었다. 먹는 양이 조금씩 줄어들더니 털이 윤기를 잃고 눈곱이 끼고 움직이려고 하지도 않았다. 그와 지낸 지 3개월을 넘기고 나는 유리를 원래의 주인에게 돌려보냈다.

기체는 바다 위를 날고 있었다. 좁은 창밖으로 한 떼의 구름이 지나갔다. 목을 길게 빼서 내려다봐야 밑이 보였다. 어느 방향에도 육지는 보이지 않고 발밑은 온통 시퍼런 물 천지였다. 기억하지 못하는 아주 먼 태곳적의 어느 한 지점에 와 있는 것 같은 느낌이랄까. 사람이 사는 육지와 멀리 떨어졌다는 생각을 하자 막연한 두려움과 함께 엉뚱하게도 예전에는 느껴보지 못했던 편안한 느낌이 들었다. 오랫동안 숨기고 있었던 비밀을 털어놓고 났을 때의 기분이 이럴지도 모르겠다. 그러고 보면 이번 여행을 결심한 것도 여행객 중에 아는 사람이 아무도 없다는 이유가 일조를 했다. 늘 혼자였지만 나는 혼자 하는 여행을 생각해보지 않았다. 낯선 사람들 속에 섞여 낯선 장소에 놓여진다는 일은 상상만으로도 심장이 떨렸다. 그러나 이번만은 달랐다. 모두 모르지만 내가 알고 있는 그를 만날지도 모른다는 실낱같은 기대가 여행을 결행하게 했다.

그를 본 것은 수영 강변 부근에서였다. 휴일인 그날 나는 직장 동료의 집들이에 갔는데 강변과 가까운 위치였다. 모두들 집이 멋있다느니 고급스럽다느니 하는 등의 과장된 찬사를 연발하는 분위기 속에 식사가 끝나고 헤어질 때는 벌써 저녁 무렵이었다. 방향이 같은 사람들끼리 차를 나눠 타서 흩어지고 나 혼자 남게 되었다. 막 겨울로 접어든 날씨는 적당히 차고 쾌적했다. 나는 조금 걷기로 했다. 천천히 걷다 보니 강을 끼고 산책하기에 좋은 작은 공원이 보였다. 건너편 끝자락 지점의 매립한 땅 위에는 유명 백화점과 고층 아파트 건축이 한창이었다. 신축 중인 스포츠 센터의 벽면에 검은 색 물안경에 삼각수영복을 입은 근육질의 남자가 물속으로 뛰어드는 사진이 걸려 있었다. 지나가는 사람들이 목을 꺾고 남자의 반 나신을 올려다봤다.

벼린 칼날에 옆구리를 찔린 것 같은 통증을 이기지 못해 나는 잠시 그 자리에 서 있었다. 그를 처음 봤을 때도 저런 모습이었다. 높이뛰기 선수처럼 날렵하게 물속으로 다이빙해 들어가는 모습에 한동안 눈을 떼지 못했다. 인간이 몸을 가졌다는 게 그지없이 숭고하게 느껴지는 순간이었다. 물속에서 솟구쳐 올라온 그의 대리석같이 탄탄한 등에서 흘러내리는 물이 다 마를 때까지도 나는 여전히 눈을 떼지 못했다. 그는 아버지와는 다른, 비루하거나 기우뚱거리지 않는 넓고 단단한 등을 가졌다. 나는 그 등에 기대거나 안기고 싶은 욕망으로 숨이 차올랐다.

공원에는 예닐곱 명의 사람들이 얼굴을 다 덮는 마스크를 쓰고 빠른 보폭으로 걷고 있었다. 순간 나도 모르게 발이 멈추어졌다. 뒷모습만 보였는데도 그중에 한 사람이 낯익었다. 허리를 꼿꼿하게 세우고 양팔을 노를 젓는 것처럼 저으며 걷는 걸음걸이. 고개를 약간 숙인 자세, 그리고 단단한 등. 그일지도 모른다는 느낌이 들었다. 그러나 나는 이내 고개를 가로저었다. 일본지사에 가 있을 그가 해 질 녘의 공원에서 산책을 하고 있을 리는 없었다.

비록 연락이 두절된 지 제법 되었지만 나와 같은 하늘 아래서 숨 쉬고 있으면서 소식을 끊지는 않을 것이었다. 그러나 몇 걸음 나아가지 않아 나는 그일 수도 있다는 생각 끝에 마침내 분명 그라는 확신이 들었다. 확인해보고 싶어 뛰듯이 걸음을 빨리했다. 발뒤꿈치에서 피가 흐르는 느낌이 났다. 그는 내 존재를 전혀 모른다는 듯 무심히 걷고 있었다. 숨이 턱에 차고 그와의 거리가 손을 뻗으면 잡을 수 있을 만큼 가까워졌다고 느끼는 순간, 돌연 그가 미친 듯이 달렸다. 갑작스런 그의 행동에 놀랄 겨를도 없이 나도 본능적으로 달렸다. 그러나 달릴수록 거리는 벌어지고 어느 순간 그의 모습이 연기처럼 내 시야에서 사라졌다.

스튜어디스들이 두 명씩 조를 맞춰서 기내식을 나누어주었다. 돈 가스에 보라색 물을 들인 단무지와 잘게 자른 김치를 곁들인 도시락이었다. 후식은 떠먹는 요구르트를 앙증맞게 작은 용기에 담아 내왔다. 아침부터 먹은 것이 없는데도 도무지 식욕이 일지 않았다. 단무지에서 나는 시큼한 냄새에 비위가 상했다. 나는 식사에는 손도 대지 않고 커피만 마시고 덮어두었다.

이달 초 공원에서 그일 것 같은 뒷모습을 보고 나서 얼마 지나지 않아 문학관 순례여행 광고를 보았다. 여행지는 그의 회사 지사가 있는 고장도 포함되어 있었다. 살아오는 동안 나는 집을 떠나본 적이 없었다. 혼자 사는 집은 나를 가두는 동굴처럼 갑갑하고 외로웠지만 그곳을 벗어나 다른 공간에 놓이는 일은 더욱 두려웠다. 여행을 결정하고 나는 매일 떠나는 연습을 했다. 여행 일정을 확인하고 신규 여권을 신청하고 그동안 일하던 보습 학원에는 한 달간 휴가 신청을 해두었다. 여행 기간은 열흘 정도지만 나는 시간을 넉넉하게 잡아 두고 싶었다. 가능성은 없었지만 그를 만나면 시간이 더 필요할지도 모르겠다는 생각을 떨치지 못했다. 방학 동안 학생들을 바짝 조여 성적을 올려놓아야 하는데 하필 이런 때에 빠지느냐고 원장은 인상을 구기고 신경질을 부렸다. 그러나 약혼자가 병이 나서 꼭 가야 한다고 거짓말을 했더니 약속을 반드시 지켜야 한다는 다짐과 함께 마지못해 허락해주었다.

가이드 천이 돈가스 조각을 입에 넣다 말고 내 쪽으로 몸을 틀었다.

"식사를 전혀 안 하시는 것 같던데, 음식이 입에 안 맞아서 그러세요?"

나를 걱정해서라는 것을 알겠는데도 왠지 곱게 들리지 않았다.

"괜찮아요. 별로 배고프지 않아서요."

"아까 보니 멀미도 하시는 것 같던데 그러지 말고 조금만 드세요."

퉁명스런 대꾸에도 아랑곳하지 않고 천이 덮어둔 내 도시락을 열어 젓가락을 쥐어주려 했다.

"모든 손님에게 다 이렇게 친절하세요?"

나는 노골적으로 빈정거렸다. 그러나 천은 우물거리듯 작은 소리로 "아무에게나 친절하지는 않습니다."라고 말하며 걱정스런 눈으로 나를 바라보았다. 여차하면 당장이라도 나를 위하여 어떤 일도 하겠다는 듯한 간절하고 애틋한 눈길이었다. 원하지 않았던 상대에게 필요 이상의 관심을 받는 일이 이렇게 불편한 줄은 몰랐다. 나는 조금 짜증이 났다. 제발 이쯤에서 그만둬줬으면 좋겠는데 천은 할 일을 남겨둔 사람처럼 뭉그적거렸다. 무시해버리려고 해도 자꾸 신경이 쓰였다. 할 수 없이 나는 머리를 기대고 자는 척했다. 눈을 감고 있었을 뿐인데 흉몽을 꾸는 것처럼 어지러운 상념들이 복잡하게 떠올랐다. 잠을 포기하고 눈을 떠보니 천장에 매달린 소형 티브이에 비행기가 가고 있는 지점이 나타나 있었다. 일본에 진입한 모양이었다. 크고 작은 섬들이 방점을 찍어 놓은 것처럼 바다 사이에 군데군데 끼어 있었다. 고도가 점차 낮아지면서 도시의 모습이 윤곽을 드러냈다. 수첩에 메

모를 하거나 잡지를 뒤적이고 있던 사람들이 하던 일을 멈추고 내릴 준비를 했다.

"조심해서 딛으세요. 넘어지면 큰일 나요."

앞에서 걷고 있던 천이 뒤를 돌아보며 주의를 주었다. 나는 천이 먼저 디딘 발자국을 골라 따라가고 있었다. 바닥은 심한 빙판이었다. 발자국을 옮길 때마다 신경을 써서 디디지 않으면 여지없이 나동그라질 판이었다. 기내에서부터 신경이 쓰일 정도로 관심을 보이던 천은 내가 넘어지기라도 할까봐 아예 돌아서서 지켜보았다. 천의 행동이 부담스러웠지만 대놓고 말할 수 없어서 더 난감했다. 호수를 끼고 나 있는 좁은 흙길 양편에는 상수리나무와 잣나무, 산벚나무 들이 잡목 속에 엉켜 있고 음지에는 밤새 내린 눈이 쌓여 있었다. 겨울이 지나고 봄이 되면 움이 트고 싹이 돋아 피운 잎들로 나지막한 능선들은 초록색 천지로 변할 것이었다. 물은 투명한 청색을 띠고 있었다. 호수를 보는 순간 그가 즐겨 입고 다니던 푸른색 와이셔츠가 생각났다. 그러고 보면 나는 여행 기간 동안 줄곧 그의 생각에 사로잡혀 있었다.

"이제 다 왔습니다."

기념관 유리문 앞에 다다른 천이 앞머리를 쓸어 넘기며 가쁜 숨을 내쉬었다. 모자를 벗는데 이마에 좁쌀 크기의 땀이 제법 맺혀 있었다. 천은 어깨에 메고 있던 배낭 두 개를 마른 땅을 골라 내려놓았다. 조금 전 버스에서 내려 문학관으로 오는 오르막에서 싫다고 해도 기어이 내 배낭을 뺏어 메었다. 괜찮다고 두어 번 사양을 하다 실랑이가 길어질 것 같아 어쩌지 못해 내버려 두었다. 뒤에서 보고 있을 일행들 생각에 얼굴이 화끈거렸다. 건물 옆 양지바른 곳에 벤치가 있는 것이 눈에 띄었다. 나는 벤치로 가서 알이 밴 무거운 다리를 올려놓고 주물렀다. 쿠션이 좋은 운동화를 신었는데도 하루에 걷는 양이 많아 종아리가 방망이처럼 딴딴하게 굳어 있었다. 일행들 중에 나이 든 서너 명의 어른들이 주위를 두리번거리며 올라오고 있었다. 새로운 것에 대한 호기심과 여행에 따른 피로가 섞인 얼굴들이었다.

기획실에 있던 그가 영업부서로 옮겨 일본지사로 가게 되었다는 말을 듣는 순간에는 생뚱맞다 못해 믿어지지 않았다. 느닷없이 일본지사로 가겠다는 것도 그랬지만 더구나 부서를 바꾼다는 말은 이해할 수 없었다. 영업부라니, 그때까지 그는 한 번도 그와 비슷한 일조차 해보지 않았다. 공교롭게도 그 얼마 전 그와 나는 심하게 다투었다.

새로 기획한 중요한 업무 때문에 새벽까지 들어오지 못했는데 그만 참지 못하고 전화를 걸어 패악을 부리고 말았다. 일 때문이라는 것을 뻔히 알면서도 참을 수 없이 조바심이 나고 화가 났다. 아무 말 없이 듣고만 있던 그가 전화를 뚝 끊었다. 나는 누군가를 기다리는 일이 죽기보다 싫었다. 약이 오른 내가 다시 통화를 시도했지만 그의 휴대폰은 꺼져 있었다. 결국 나는 그의 사무실로 달려갔다. 컴퓨터 모니터 앞에서 두 명의 직원들과 회의를 하고 있던 그가 나를 보더니 하얗게 질렸다.

"왜 전화를 안 받아."

"일 때문에 늦는다고 말했잖아."

그가 사무실 밖으로 나를 끌고 나갔다.

"다른 사람들도 있을 텐데 왜 하필 당신이 야근을 해? 나하고 있는 것이 싫으니까 일 때문이라고 핑계 대는지 내가 모를 줄 알아?"

가슴이 폭발해버릴 것 같았다. 눈에는 파랗게 불이 붙는 느낌이었다.

"도대체 내가 어떻게 하길 원해. 직장도 친구도, 어떤 사람과도 만나지 말고 오로지 집에 틀어박혀 너하고만 지내길 바라는 거야? 정말 그런 거야? 벌써 몇 번째야. 나도 이제 넌덜머리가 나. 거울을 한번 들여다봐. 네 얼굴이 어떤지. 얼마나 흉하게 일그러지고 꼬였는지."

심장을 찌르는 그의 말에 나는 아무 대꾸도 못하고 덜덜 떨고 있었다.

"너는 미쳤어. 알아? 정상이 아니라고."

혐오스런 동물을 대하는 것 같은 그의 표정을 보는 순간 발작적으로 내 팔목을 물어뜯었다. 손목에서 금방 피가 흘렀다. 놀란 그가 비명을 지르며 말리는데도 나는 멈출 수 없었다. 넋을 잃고 서 있는 그를 버려두고 나는 혼자 걸어서 집으로 왔다. 그날 밤을 내가 어떻게 보냈는지는 아무도 모른다. 누구도 미쳐버릴 것 같은 분노와 초조와 의심과 불신으로 버무려진 고통에 시달리며 날을 새운 나를 모를 것이다. 그보다 더 잔인하게 나를 고문한 것은 행여 그가 영영 떠날지 모른다는 두려움이었다. 불안감을 죽이느라 붕대를 감은 손으로 깨끗하게 세탁해 놓은 옷을 다시 빨고 문틈에 낀 먼지 하나까지 닦고 또 닦았다. 다음 날 오후에야 들어온 그는 태연하려 애썼지만 굳은 얼굴은 풀지 않았다. 의례적인 몇 마디의 대화를 하긴 해도 둘 사이엔 얼음 막을 쳐 놓은 것처럼 냉랭했다. 매번 그런 식이었다. 내가 계획하지 않았는데도 일은 엉뚱한 방향으로 곤두박질쳐질 때가 많았다. 잠잘 때 반드시 그의 등에 기대서 자겠다고 하거나, 나를 얼마나 사랑하는지 보여 달라고 하거나, 거리에서 지나가는 여성을 무심코 쳐다보는 그의 눈을 가리다가. 그럴 때마다 그는 참을 수 없어 했다. 그는 때로 자기를 바라보는 내 눈빛을 못마땅해 하기도 했다. 어린 자식이 늙은 어미를 애타게 바라보는 것 같다 했다.

그는 자신이 그곳에 가야 하는 이유를 조목조목 들며 내가 이해하길 요구했다. 하지만 나에게는 이별을 알리는 일방적인 통보로밖에 여겨지지 않았다. 그의 마음을 돌리기 위해 비굴해질 대로 비굴해진 나는 결국 손목에 감고 있던 붕대를 풀어 내던졌다. 벌겋게 핏물이 밴 징그러운 상처자국이 드러난 손목을 눈앞에 들이대자 그가 갑자기 헛구역질을 했다. 그때 나는 그가 달아나고 있다는 사실을 감지했어야 했다. 감지했는지도 모른다. 다만 인정하지 않겠다는 의지가 더 커서 스스로를 속였을 수도 있다.

우리는 한쪽이 싫어질 때까지 같이 살자고 합의한 사이였다. 나는 그를 붙잡아두고 싶었다. 함께 밥을 먹고 함께 차를 마시고, 밤이 늦도록 영화를 보다가 휴일엔 그의 등에 기대서 늦잠을 자고 싶었다. 처음부터 그는 내켜 하지 않았지만 내가 고집을 부렸다. 그가 끝까지 응하지 않았다면 멱살이라도 잡고 끌어왔을지 모른다. 마침 그의 사무실과 직장인 학원 중간 지점에 내 원룸이 있었다. 그가 내 집으로 옮겨온 이삿짐은 간소했다. 은색의 15인치 노트북과 전기면도기, 그가 하고 있는 업무에 꼭 필요한 몇 권의 전문서적과 카메라, 속옷과 양말, 필기도구 등이었다. 그의 차 트렁크에서 나온 짐들을 보고 이것뿐이냐는 내 표정에 그는 대답 없이 씩 웃기만 했다. 가져온 짐을 꼼꼼하게 정리하고 나서야 그가 말했다. "나는 뭐든지 많은 것은 불편해." 그가 불편해한 것들은 짐만이 아니다. 관심이나 사랑, 돈, 지위, 물건, 소지품, 심지어 공기나 물까지도 그는 많은 것을 불편해했다.

그를 맞이하기 위해 마트에 들른 나는 신혼 살림준비를 하는 신부처럼 밥공기와 수저와 물컵과 대접과 칫솔과 잠옷들을 짝으로 샀다. 그가 원하기만 한다면 배를 갈라 내장이라도 꺼내줄 수 있을 것 같았다. 내 바람과는 달리 그는 야박할 만치 요구하는 것이 없었다. 그런 불만을 말하려 하다가도 이쯤에서 각자의 길로 가자고 할까봐 겁이 난 나는 서둘러 입을 다물곤 했다.

"너는 사랑을 잘못 이해하고 있는 것 같아."

어느 날이었던가. 그가 정색을 하고 말했다.

"그럼 당신이 이해하고 있는 사랑은 어떤 건데."

나는 표독스레 그를 쏘아보았다.

"아무리 네가 사랑한다 해도 날 소유할 수는 없어. 결국엔 영원한 타인일 뿐이야. 그걸 잊으면 안 돼."

때론 그가 제왕처럼 느껴질 때가 있었다. 아무것도 요구하지 않아서 오히려 나를 복종시키는 그. 그러고 보면 내 의식의 바닥은 늘 그의 종이 되고 싶은 열망으로 들끓고 있었는지도 모른다. 그래서 내 손을 거치지 않으면 아무 일도 할 수 없어서 결국엔 나만을 찾게 되는 그런 관계를 말이다. 나는 그에 관한 모든 것을 알아야 했고 알고 싶었다. 심지어 그가 어떤 꿈을 꾸는지도 알고 싶었다.

"자, 우리 이곳에서 다 같이 기념사진 한 장 찍을까요."

천이 벌써 렌즈 캡을 열었다. 기념관 간판을 배경으로 일행들이 우르르 뛰어와 자리를 잡고 포즈를 취했다.

"김치든 치즈든 스마일이든 여하튼 최대한 웃어보세요. 자 찍습니다. 오케이 아주 좋았어요."

카메라를 내린 천이 오른손 엄지손가락을 들어 최고라는 사인을 했다. 사람들이 각자 자기 카메라를 천에게 건네며 찍어달라는 부탁을 했다. 천의 목에는 금방 대여섯 개의 카메라가 걸렸다. 카메라를 건넨 사람들의 촬영이 끝나고 자리를 옮기려 하는데 천이 갑자기, "이리 주세요. 제가 찍어드릴게요" 하며 내 손에서 카메라를 빼내 갔다. 그의 손때가 묻은 사진기였다. 급작스런 천의 행동에 순간 나는 도둑질을 당한 것처럼 당황하고 놀랐다.

"안 돼요."

나도 모르게 외마디 소리가 터져 나왔다. 앞서 가려던 사람들이 놀라 멈춰 섰다.

"안에 넣어둔 사진이 지워질까봐서요."

머쓱해진 내가 기어들어 가는 소리로 변명했지만 천은 뜨악한 표정을 풀지 못했다. 나는 카메라를 받아 품에 안았다.

출발하기 전날 집안을 둘러보는데 느닷없이 내가 다시 이 집에 돌아올까 하는 생각이 들었다. 막막하고 허전하고, 그러면서도 시원한 느낌. 십 년쯤 함께 살던 남편과 헤어지면 이런 기분이 들까 싶었다. 잠을 자려고 누웠다가 기어이 벌떡 일어나고 말았다. 말끔하게 정리해둔 서랍에서 사진첩을 꺼내 펼쳤다. 너무 일찍 내 곁을 떠난 부모님 사진 다음 갈피에 그와 함께 찍은 사진이 들어 있었다. 휴일에 놀이공원에 갔다가 싫다는 그를 억지로 당겨 찍은 사진이었다. 공원 한쪽에 피어 있던 흰 수국을 배경으로 서 있는 그의 표정이 화난 것처럼 굳어 있었다. 그러고 보니 그 즈음의 그는 늘 그랬다. 아무리 사랑한다는 말을 해도 애가 타는 마음이 채워지지는 않았다. 함께 팔 개월을 사는 동안 그를 온전히 내 남자로 소유하고 있다고 느껴진 적은 없었다. 잠깐이라도 그가 내 옆에 없으면 혹시 다른 여자를 안고 있을지도 모른다는 상상에 피가 말랐다. 물론 대부분 일 때문에 사무실에서 밤샘을 하거나 간혹 사람을 만나도 일과 연관된 사무적인 만남이라는 것을 알았지만 그런 사실들이 내 불안을 가라앉히지는 못했다.

"괜찮아요?"

천이 물었다. 조금 전의 일을 잊은 얼굴이었다. 추위 때문인지 입술이 파랗게 질려 있었다. 춥지 않느냐고 묻는 말인 것을 뻔히 알면서도 모질게 창피를 줘버리고 싶은 고약한 심정이 되었다. 나는 영문을 모르겠다는 듯 능청을 떨며 "뭐가요?" 하고 물었다. 천이 당황해하며 귓불이 붉어졌다. 뒤에서 누군가 혹시 가이드가 좋아하는 것 아니냐 하는 소리가 들렸다.

기념관을 나와 카레 전문점에서 치킨 카레로 점심을 먹고 스낵바에 들러 커피를 마신 뒤에 역으로 향했다. 열차 시간까지 한 시간 정도 여유가 있어 그동안 자유 시간이 주어졌다. 역사 옆으로 전통 차와 타월, 열쇠고리 인형 등을 파는 기념품 가게들이 머리를 맞대고 오밀조밀하게 붙어 있었다. 일행들은 선물할 물건들을 사야겠다며 벌써 사라지고 없었다. 나는 대합실을 나와 광장에 놓인 돌 의자에 걸터앉아 휴대폰을 꺼냈다. 줄에 매달린 작은 종이 흔들리며 짤랑 하는 소리가 났다. 놀이공원에 갔던 날 기념품 가게에서 두 개를 사서 내가 한 개를 달고 그의 휴대폰에도 달아주었다. 달랑거리는 종소리를 듣고 있으면 그가 나에게 교신해오는 신호인 것 같아 안심이 됐다. 그날 나는 잠깐 그를 잃어버렸다. 화장실에 간 줄 모르고 그가 보이지 않자 미친 듯이 이리저리 찾아다녔다. 기껏 오륙 분이 지나지 않았을 시간이었는데도 나는 그가 어딘가로 가버렸다는 불안감 때문에 숨이 멎는 것 같았다. 집에 돌아오는 차 안에서 그는 어려운 수수께끼를 풀지 못해 난감해 하는 표정이었다.

"절대 빼면 안돼요. 알았지?"

그가 일본지사로 떠나기 전날 밤 나는 고리가 그를 붙잡아 두는 주술이라도 되는 것처럼 절대 빼지 마라라고 엄포를 놓았다.

"그까짓 물건에 뭘 그렇게 의미를 둬?" 별 감정이 담겨 있지 않는 담담한 어조였는데 순간 가슴이 쿵 하고 내려앉았다.

그가 근무하는 일본 지사의 전화번호를 검색해보았다. 하루에도 몇 번씩 외어본 번호였다. 하지만 휴대폰을 만지작거리기만 하고 전화는 하지 않았다. 그는 이미 이곳에 없다. 연락이 두절되고 나서도 열 번쯤 나는 그의 사무실에 전화를 걸었다. 처음엔 친절하게 그가 없다는 말을 해주던 여직원은 차츰 짜증을 냈다. 마지막 통화에서는 차라리 직접 와서 찾아보라며 매몰차게 전화를 끊어버렸다. 전화를 해봐야 똑같은 대답이 돌아올 게 뻔했다. 나는 휴대폰을 뚫어져라 쳐다보았다. 깜깜한 밤중에 길을 잃어버렸을 때처럼 막막한 기분이 들었다.

어느 날이었던가. 깜깜한 밤중에 오줌이 마려워서 일어났을 때 엄습해오던 불길한 예감과 뒤이어 달려들던 공포, 나를 짓누르는 그 무엇인가의 정체를 알지 못해 더욱 두려웠던 생생한 느낌. 날이 밝고 집 안이 발칵 뒤집히고 엄마가 없어졌다는 사실을 알게 되었을 때의 암담하던 기분. 철이 들기도 전부터 나는 늘 엄마가 어디론가 가버릴지도 모른다는 두려움에 마음을 졸여야 했다. 갈수록 심해지는 아버지의 매질에 엄마가 언제까지 버티는지 나는 혼자서 내기를 했다. 엄마가 내 곁에 있으려면 아버지가 없어져야 한다는 생각이 들 땐 누군가에게 내 마음을 들키게 될까봐 두려움에 떨었다. 엄마가 사라진 날은 차라리 마음이 놓였다. 이제 더 이상 엄마가 나를 버리고 가버릴지도 모른다는 불안감에 시달리지 않아도 될 것 같아서였다.

오후에 설국의 무대인 니카타 현에 도착한 우리는 일본 전통여관인 료칸에 투숙했다. 상상했던 대로 마을은 온통 흰 눈으로 뒤덮여 있었다. 우리들이 묵은 방은 이층에 있는, 마을이 한눈에 내려다보이는 위치였다. 손에 잡힐 듯 가까운 거리에 철로와 역사가 있고 역시 눈에 덮여 있었다. 어릴 적 자주 갔던 시골 외가처럼 작은 집들이 골목을 사이에 두고 눈 속에 엎드려 있는 조용하고 아늑한 동네였다. 마당을 거쳐 현관까지 가는데도 발이 푹푹 빠졌다. 여관 마당에는 눈을 뒤집어쓴 삼나무가 눈사람처럼 서 있었다. 가지에서 떨어지는 눈 뭉치가 툭툭 둔탁한 소리를 냈다. 나무는 작가가 소설 설국을 쓸 때에도 이곳을 지켰겠지. 아주 작은 묘목에 지나지 않았을 나무는 세월이 흐르는 동안 키를 키웠을 것이다. 키만 키웠을까. 엄청난 양의 눈과 비와 바람을 맞으며 몸피와 잎사귀가 커 가는 사이 생각도 점점 커졌으리라. 조금만 물이 부족해도, 조금만 땅이 거칠어도 견디지 못하고 안달하던 어린 나무는 자신도 모르는 사이 어느 순간 그런 재난들이 사소한 일들이 되었을 터였다. 그런 덕에 때로 모진 흙바람이 불어와도 온몸으로 받아 내고 여름엔 큰 그늘을 만드는 넉넉함이 생겼으리라.

주인은 서투른 우리말로 어제까지는 눈이 오지 않았는데 당신들이 오니까 눈이 온다며 환영인사를 했다.

건물의 이층 복도 중간쯤에 칸막이가 되어 있는 공간이 있고 거기에 의자가 어림잡아 대여섯 개 놓여 있었다. 앞에는 백이십 호 그림 크기의 스크린이 설치되어 있었다. 이곳에 투숙한 손님들을 위해 만든 간이 영화관인 셈이었다. 영화는 하루에 한 번 상영한다고 했다. 저녁 아홉 시가 다 된 여행의 마지막 날이었다. 자리가 가이드 옆에만 비어 있어 꺼려졌지만 앉을 수밖에 없었다. 우리들이 다 모이자 불이 꺼지고 곧바로 영화가 시작되었다. 눈 덮인 역사에 기차가 들어오는 광경이 흑백으로 나타났다. 소설에서 그랬듯 화면 속에도 세상은 온통 눈에 싸여 있었다. 무력감과 허무에 젖어 지친 남자주인공의 표정 위로 환하게 웃고 있는 그의 얼굴이 신기루처럼 나타났다 사라졌다. 어머니 뱃속에 있을 때의 모습이 저랬을까 싶을 정도로 그는 완벽하게 편안해 보였다. 내가 알고 있던 그가 아닌 낯선 타인 같았다. 나와 떨어져 있는 동안 그는 언제 저렇게 변했을까. 무엇이 그를 변하게 했을까. 옆자리를 돌아보니 사람들은 목을 빼고 영화에 빠져 있었다. 천이 살며시 내 무릎 위에 초콜릿을 올려놓았다.

"피곤해 보여서요."

천이 수줍게 웃었다. 나는 초콜릿을 집어 천이 앉아 있는 의자 팔걸이에 얹어두었다. 영화는 젊은 여인이 사랑하는 남자의 등에 기대어 흐느끼는 장면으로 바뀌어 있었다. 나는 화면에 시선을 둔 채 상념에 잠겼다. 어디서부터 잘못된 것일까. 처음부터 그를 만날 가망은 없었다. 알면서 이곳까지 오는 동안 나는 뭘 확인하고 싶었던 것일까.

"가와바타 야스나리가 자살했죠?"

느닷없는 천의 질문이 상념을 깼다.

"네?"

"설국의 작가 말이에요. 노벨문학상까지 받았으면 작가로써는 최고의 영예를 얻은 셈인데, 가스관을 물고 자살했잖아요?"

"그랬죠."

"그러고 보면 대단한 명예나 성공도 인간을 구원할 수는 없는 게 아닐까요?"

나는 멍하니 천의 얼굴을 바라보았다. 어쩌면 이 사람은 내가 짐작했던 것보다 훨씬 괜찮은 사람일지 모르겠다는 생각이 들었다. 그러나 또다시 누군가와 관계를 맺고 떠날까봐 안달하는 일 따위는 되풀이하고 싶지 않았다.

십육 명의 인원은 두 명씩 짝을 지어 방을 배정받았다. 정해진 짝은 열흘간의 여행 기간 동안 한 방을 쓰게 되어 있었다. 룸메이트가 된 여자는 키가 작고 몸이 마른 편에다 나처럼 추위를 많이 탔다. 첫날에는 의례적인 몇 마디를 주고받기만 했는데 이제는 서로 편해져서 내면에 있는 깊은 이야기까지 나누는 사이가 되었다. 샤워를 하고 젖은 머리를 수건으로 동여맨 그녀가 냉장고에서 캔맥주를 꺼내 와서 나에게 건넸다. 나는 걷어 올렸던 소매를 얼른 내리고 캔을 받아 단숨에 들이켰다. 차가운 감촉 때문에 목구멍이 얼얼했다. 얼얼한 느낌은 몸에서도 느껴졌다. 그가 없는데도 몸이 먼저 알고 반응을 하는 것 같다. 그는 사랑을 나누기 전에 꼭 맥주를 마셨다. 캔 두 개를 마시고 나면 딱딱하게 굳어 있던 눈동자가 유순하게 풀어지고 말투도 부드러워졌다. 내 살을 파고들며 환희에 떨던 그. 그런 그를 바라보며 사랑을 나누지 않아도 매일 맥주를 먹이고 싶었다. 따뜻한 목소리와 느려진 행동을 영원히 응고시켜버리고 싶을 만큼 변한 그의 모습은 잠깐이라도 나를 행복하게 했다.

"하는 일은 재미있으세요?"

나는 그에 대한 기억을 떨쳐버리기 위해 생각나는 대로 말했다. 입가에 눈가루 같은 맥주거품을 묻힌 그녀가 대답했다. 그녀의 피부는 잡티 하나 없이 맑고 투명하다. "나쁘진 않아요. 가끔 도저히 개선되어질 가망이 없어 보이는 여자들이 여배우 사진을 들고 와 꼭 같이 만들어 달라고 억지를 써서 곤란해질 때도 있지만, 한편으론 그녀들이 이해가 되기도 해요."

그녀는 성형외과에서 매니저 일을 하고 있다고 했다. 문헌정보학과를 나온 그녀는 매니저로 일하기 전까지 도서관 사서였다. 하루 종일 도서관에 앉아 책을 빌려주고 돌려받고 서가를 정리하는 일이 견딜 수 없이 답답했다고 했다. 언젠가는 빼곡하게 꽂혀 있는 책들이 마치 자신을 가두는 감옥처럼 느껴져 무섭기도 했다던가. 그녀는 새로 얻은 직장에 무척 만족해하는 눈치였다. 매일 아침 회의를 하고 보고서를 작성하는 일을 하지 않아도 되는 여유가 미칠 만큼 좋다는 말도 했다.

"큰 가능성은 없겠지만 이미 이 나라 여자와 살림을 차렸을 수도 있지 않을까요? 그런 일까지도 놀라지 않을 각오를 하고 있는 게 좋을 것 같아요."

취해서 하는 말인가 했는데 그녀는 말짱해 보였다. 나는 차마 공원에서 그를 보았다는 말만은 하지 못했다.

"이렇게 말하면 기분이 상할지 모르겠지만 어디서 들은 말인데요, 너무 그렇게 바짝 조이면 금방 질린대요. 아니, 이건 적당한 비유가 아닌 것 같아. 그러니까 내 말은, 지나치게 사람을 구속하지 말라는 거죠. 물론 사랑하기 때문에 갖는 관심이라고 생각할 수도 있어요. 그런데 상대가 그걸 원하지 않는다면 문제가 달라지는 거 아니에요?"

일시에 술이 확 오르는 느낌이었다. 나는 그녀에게 화풀이를 하고 말았다.

"내가 그를 너무 사랑해서 떠났다고 누가 그래요. 누가 그랬는지 말해봐. 그는 단지 직장 때문에 어쩔 수 없이 간 것뿐이에요. 그리고 지금은 잠시 끊어졌지만 두고 보세요. 곧 소식을 알려올 거예요."

"억지 쓰지 마요. 이미 알고 있으면서 아니라고 우기면 아닌 게 되는 거예요?"

기어이 이 말을 듣고 말았다. 갑자기 주체할 수 없을 정도로 눈물이 쏟아졌다. 눈 밑에 거대한 폭포가 숨어 있었던 것처럼 쉽 없이 흘러 내렸다. 사태를 수습할 말을 생각해보았지만 모멸감만 더해질 뿐 아무 생각도 떠오르지 않았다. 한참만에야 나는 엉뚱하게 그러는 너는 애인과 왜 헤어졌느냐고 공격했다.

　"나? 나는 그쪽과 반대였기 때문이죠."

　그녀는 헤어진 애인에 대해 말할 때 "답답하고 지루해." 라고 하며 미간을 찌푸렸다. 그녀의 애인은 식당엘 가도 그녀의 입맛에 맞추고 드라이브를 가도 그녀가 가고 싶어 하는 곳으로 갔다. 어떤 일이든 그녀가 원하는 것을 하려 했다. 심지어는 즐기던 테니스도 그녀가 탐탁해하지 않는다는 이유로 그만두었다. 나로선 납득하기 어려웠지만 그녀는 애인의 그런 점 때문에 헤어졌다는 말을 했다.

　방을 빠져나와 낮에 보아두었던 대로 길을 따라 걸었다. 길 양편으로 드문드문 얼어붙은 눈덩이들이 버려져 있고 창문 틈으로 불빛이 희미하게 새어 나왔다. 시골 소읍의 선술집 같은 작은 음식점 앞에는 검은 천을 씌운 사각 등을 걸어 놓았다. 가게 앞에 나와 있던 검정 개 한 마리가 이방인인 나를 낯설게 바라보더니 별안간 놀란 듯이 뛰어 갔다. 짐승도 낯가림을 하는 것일까. 나는 망중한을 즐기는 노인처럼 천천히 걸었다. 한참 걷고 있는데 뒤에서 누군가 나를 따라오고 있는 기척이 느껴졌다. 머리카락이 쭈뼛 서는 기분을 누르며 뒤를 돌아보았다. 서너 걸음 뒤쳐져서 천이 따라오고 있었다. 불시에 내가 돌아서

자 놀랐는지 당황해 하는 기색이 어둠속에서도 보였다.

"혼자 나가시길래 걱정이 되어서 ….."

잘못을 저질러 어른에게 야단을 맞는 아이처럼 두 손을 모아 쥐고 얼버무렸다.

"전 괜찮으니까 염려 마시고 그만 돌아가세요."

"그래도 길이 어두운데, 그러지 마시고 같이 산책이라도 하면서 이야기를 하면….."

천이 주춤주춤 다가왔다.

"이런 말하면 상투적으로 들릴지 모르겠지만 처음 만나는 순간부터 남 같지 않았어요."

천의 목소리에 간절함이 묻어났다. 나도 모르게 천의 말에 빨려들 것 같은 불쾌감을 누르느라 필요 이상 목소리를 높였다.

"그런 말은 듣고 싶지 않아요. 그리고 이 말을 꼭 해야겠다고 생각하고 있었는데요, 배려해주는 것은 고맙지만 솔직히 불편해요."

"그게 마음대로 된다고 생각하세요. 마음 가는 길이 가지 마란다고 갑자기 멈춰지고 그래지는 거냐고요."

천이 울 듯이 항의했다.

"더 이상 귀찮게 하면 내가 어떻게 변할지 몰라서 하는 말이에요. 잊지 마세요."

던지듯 말을 해놓고 나는 걸음을 빨리했다. 뒤에서 버석거리는 소리가 들리더니 천이 포기했는지 곧 조용해졌다. 어디선가 메아리처럼 사람들의 웅성거림에 섞여 웃음소리가 들려왔다. 소금을 한 줌 삼킨 것처럼 가슴이 쓰렸다.

제법 먼 거리까지 걸어온 것 같은데도 사방은 여전히 눈 속에 적요하게 가라앉아 있었다. 걸음을 옮길 때마다 녹아버린 눈이 신발에서 찍걱찍걱 소리를 냈다. 이제 인가는 보이지 않고 나지막한 구릉들이 이어졌다. 구릉 위에 매달린 리프트가 눈을 맞으며 흔들리고 있었다. 멀리 밤 스키를 즐기는 사람들이 흐릿하게 보였다. 그에게서 일본지사로 발령이 났다는 말을 듣고 나는 그때 둘이서 겨우내 눈이 온다는 이곳으로 와 스키를 타는 상상을 하기도 했다. 지금에 와서 돌이켜보면 그는 그때 이미 나를 떠났다. 어리석게도 함께 손을 잡고 스키 탈 상상을 했다니 머리를 쥐어박고 싶다.

리프트가 있는 언덕으로 올라가기 위해 왼쪽 다리를 지지대 삼아 오른쪽 다리를 먼저 둔덕에 올려놓았다. 양손으로 땅을 짚고 밑에 있던 왼다리를 올려놓으려던 나는 하마터면 악 하고 소리를 지를 뻔했다. 아까 간 줄 알았던 천이 코앞에 서 있었다. 나무를 등지고 서 있는 모습이 그림자에 가려 기괴스러웠다.

"아니, 아까 안 갔어요?"

엉거주춤한 자세를 바로 잡을 틈도 없이 천이 잽싸게 곁으로 왔다. 팔에 소름이 돋았다.

"아무래도 마음이 놓이지 않아서 가다가 다시 왔어요. 자 제 손을 잡고 내려오세요."

천이 오른쪽 팔을 들어 내 손을 잡으려 했다. 나도 모르게 주먹이 꽉 쥐어졌다. 천은 여전히 서서 자기 손을 잡기를 기다리고 있었다. 나는 잠시 천의 손을 바라보았다. 그 손을 잡으면 나는 천의 세계를 받아들이는 것이 된다. 천의 세계를 받아들이면 또 어떤 고통이 기다리고 있을까. 나는 천의 손을 피하기 위해 다리를 멀찍이 빼서 발을 옮겼다. 순간 몸이 균형을 잃고 휘청했다. 천이 몸을 날려 내 몸을 받아 안았다. 예상치 못했던 상황에 당혹해진 나는 얼른 몸을 빼내려 했다. 그러나 천은 질긴 밧줄처럼 두 팔로 묶고 놓아주지 않았다. 천의 몸에서 알 수 없는 열기가 뿜어져 나왔다.

"내가 이런 순간을 얼마나 기다렸는지 너는 모를 거야. 제발 부탁이니 이대로 잠깐만 있어줘. 잠깐이면 돼."

욕망에 들뜬 천의 눈동자가 어둠속에서 음울하게 번들거렸다. 불쑥, 천이 나를 죽일지도 모른다는 생각이 들었다. 와락 공포가 밀려왔다. 나는 있는 힘을 다해 천을 밀어내고 무작정 뛰었다. 뒤에서 천이 따라올 것 같아 돌아볼 엄두도 나지 않았다. 땀이 물처럼 흐르고 더이상 달릴 수 없을 만큼 다리가 풀렸다고 느끼는 순간 발밑이 미끈하며 몸이 굴렀다. 머리채를 잡혀 땅속으로 빨려 들어가는 것처럼 몇 번에 걸쳐 뒹굴고 어딘가에 처박히는 느낌이 들고서야 몸이 멈췄다. 심하게 두드려 맞은 것처럼 여기저기 온몸이 쑤시고 아팠다. 몇 겹의 눈옷을 입힌 눈사람처럼 온 몸은 눈 칠갑이었다.

대강 눈을 털어 내고 간신히 몸을 일으켜 보았다. 몸이 마음대로 움직여지지 않고 발도 얼어버렸는지 감각이 둔했다. 주위는 불빛 한 점 없이 깜깜한데다 무중력 속처럼 바람도 없었다.

여기가 어딜까. 너무 멀리 와버렸다는 생각이 들었다. 왔던 길로 가기 위해 돌아섰다. 그러나 길을 찾을 수 없었다. 여러 갈래로 길을 만들며 가보았지만 번번이 처음의 자리로 돌아왔다. 이제 어떻게 해야 하나. 나는 주머니를 더듬어 휴대폰을 찾았다. 그러나 점퍼와 바지주머니를 다 뒤져 보아도 아무것도 나오지 않았다. 언덕에서 넘어질 때 주머니에 있던 소지품들을 다 쏟아버린 모양이었다. 백목련 꽃 같은 눈은 멈출 줄 모르고 내리고 있었다. 눈은 점점 내 몸을 두텁게 덮었다. 이러다 죽을 수도 있겠다는 생각이 들었지만 천의 팔에 갇혔던 조금 전과는 달리 지금의 상황이 두렵지 않았다. 순간 내 몸 어디에선가 투둑, 밧줄이 끊어지는 소리가 났다.

둘레 식당

창문을 넘어온 흐린 불빛이 방 안을 비춘다. 낮은 탁자가 벽에 기대어 있고 종이컵 상자가 피로처럼 쌓여 있다. 사람이 먹고 자는 방이라기보다 창고라는 말이 더 어울릴 풍경이다.

이곳에 온 지 7년 하고도 123일째, 오늘도 무사히 하루를 넘겼다. 식당에서 잘리지 않았고 덕분에 오늘도 일을 해서 생활비를 벌 수 있다. 월급보다 사장의 잔소리를 더 많이 받는 직장이지만 불평할 처지가 아니다. 내년이면 딸아이도 초등학교에 입학하는데……. 매달 들어가는 시어머니 약값도 만만치 않다. 그런데도 지금은 달리 뾰족한 방법이 없다. 수입이 좀 더 나은 일이 없을까 궁리해보지만 한국말도 서툴고 특별한 기술도 없으니 구하기가 쉽지 않다. 북천댁 말대로 요양보호사 자격증을 따볼까 싶지만 그것도 간단치 않아 보인다. 어렵게 자격증을 딴다 해도 수입이 식당보다 낫다는 보장도 없는 데다 노인들 똥오줌 치다꺼리 하는 일도 고되긴 마찬가지일 것 같다. 주위의 누구에게도 도움을 청할 데가 없다. 고향의 부모님도 내가 이렇게 고단하고 힘들게 살고 있는지 모르겠지. 먼 미래의 나는 어떻게 될까. 여전히 남의 집 식당에서 설거지를 하며 비루하게 늙어갈까. 그렇게 늙고 싶지 않다. 어떻게든, 그래, 어떻게든 이렇게는 살지 않아야 할 텐데. 응안은 실타래처럼 엉킨 상념을 접고 냉수 한 컵을 들이켰다. 돌덩이에 눌린 것처럼 답답하던 속이 조금 나아지는 느낌이었다. 식당 일 3년만 하면 없던 위장병도 생긴다는 말은 맞는 말이었다. 일을 시작하고 채 일 년도 되지 않아서 신물이 올라오고 속이 쓰리는 증세가 생겼다. 불규칙한 식사가 위에 안 좋은 줄 뻔히 알면서도 일을 하다 보면 제때 끼니를 챙기기는 거의 불가능했다. 응안이 진저리 치듯 어깨를 부르르 떨고 나서 이불을 목까지 끌어당겼다.

"응안, 지금이 몇 신데 아직도 자고 있어?"

도대체 사장은 언제 잠을 자는 건지 알 수 없다. 잠을 아예 안 자는 것일까 싶기도 하지만 사람이 어떻게 안 자고 살 수 있을까. 응안이 잠 좀 실컷 잤으면 소원이 없겠다고 푸념을 할 때마다 사장은 남 잘 때 다 자고 언제 돈을 버냐고 핀잔을 주었다. 자기는 평생 잠이라는 건 아예 모른다는 태도다.

잠이 든 척했지만 속을 사장이 아니었다. 꽝 소리가 나게 방문을 열더니 덮고 있던 차렵이불을 척 걷어 냈다. 봄이라 해도 아직은 아침 저녁으로 선득한 날씨라 어슬한 한기가 느껴졌다.

"어서어서 일어나 주방으로 나와. 오늘은 단체손님 예약이 세 팀이나 있어서 빨리 서둘러야 해."

밖에서는 벌써 수돗물 소리가 요란하다. 아무래도 응안을 깨우기 위해 사장이 일부러 세게 틀어 놓은 것 같다. 이럴 줄 알았으면 어젯밤 늦어도 집에 가서 잘 걸 그랬다. 한창 벚꽃구경을 오는 관광객이 붐비는 때라 서둔다고 해도 자정이 넘어서 일이 끝났다. 밤 9시까지 밀려오는 손님을 치르고 설거지까지 마치고 나니 12시가 다 되어 있었다. 걸어서 가도 20여 분 정도면 갈 수 있는 거리에 집이 있었지만 몇 시간 자지도 못하고 새벽에 나올 걸 생각하고 주저앉고 말았다.

응안이 식당에서 자는 날이면 매번 투정을 부리는 사람은 딸아이보다 더 어린애가 된 시어머니였다. 낮 동안은 옆집에 사는 시누이가 틈나는 대로 아이와 시어머니를 돌봐준다고 해도 응안이 해야 할 일은 지천에 널려 있었다. 시어머니는 먹고 자고 배설하는 모든 일을 응안이 해주어야만 조용했다. 전쟁이 터졌다고 헛소리를 지르며 소란을 피우다가도 응안이 달래면 신기하게 얌전해졌다. 어젯밤에도 집에 못 들어간다고 시누이에게 전화로 부탁을 해놓긴 했는데 별일 없이 잘 보냈는지 모르겠다.

사장은 응안을 재촉해놓고 무거운 몸을 이끌며 주방으로 들어갔다. 관절염을 앓고 있는 사장은 날이 갈수록 몸이 불어나고 있다. 사장을 보고 있으면 저러다 조만간 걸어 다니지도 못하는 게 아닌가 하는 생각이 들었다. 사장의 뒤뚱거리는 뒷모습에서 눈을 뗀 응안이 일어나 이불을 개켜 윗목에 밀어 놓고 욕실로 들어갔다.

세수를 하는 동안 고개를 숙일 때마다 뒷목이 불에 덴 것처럼 따갑고 아팠다. 다친 지 한참 지났는데도 방금 사고를 당한 것처럼 여전히 통증이 심했다.

경두가 간경변 진단을 받고 나서부터 실질적인 가장이 돼버린 응안은 이것저것 가릴 겨를도 없이 식당 일을 시작했다. 더구나 응안은 그때 임신 중이었는데 음식이 입에 맞지 않아 거의 굶다시피 하고 있었다. 극도로 쇠약해진 몸에다 일이 몸에 익지 않은 탓에 번번이 그릇을 깨트리고 물을 쏟는 등 실수를 했다. 결국엔 선반 위에 있던 무거운 양념 통을 내리다 머리에 떨어트리고 말았다. 눈앞이 캄캄해지는 현기증을 느끼며 바닥에 넘어지고도 한동안 정신을 차리지 못했다. 그 와중에도 뱃속의 아이가 잘못되기라고 할까봐 필사적으로 배를 감싸 안았다. 쿵 소리에 놀라 달려온 사장과 북천댁이 비명을 지르고 식사 중이던 손님들까지 놀라 식당이 온통 난리였다. 다행히 태아도 무사하고 별 이상이 없다는 의사의 말에 안심했지만 그날부터 통증은 끊이지 않고 응안을 괴롭혔다. 목 뒤에 손을 대보니 아직도 대추만 한 혹이 만져진다. 의사는 한 달만 지나면 없어질 거라 했지만 꼬락서니를 보니 평생 갈 것 같은 불길한 예감이 들었다.

"안녕하세요?"

응안이 주방으로 들어가며 무를 썰고 있는 북천댁에게 인사를 했다.

"우짠 일로 안녕하세요 하노? 신짜우 안 하고."

북천댁이 수북하게 썰어 놓은 깍두기 무에 소금을 뿌리며 말했다. 행동이 굼뜨고 눈치가 없다고 주인한테 늘 지청구를 듣는 북천댁이지만 응안에게는 다정한 언니 같고 엄마 같은 존재였다.

"나도 이제 한국말 잘해요."

"하기사, 여기서 산 지가 얼맨데. 인자 하동사람이 다 됐제."

"오늘도 예약 손님 많아요?"

하동은 올해도 예년과 다름없이 꽃구경 하러 오는 인파로 발 디딜 틈이 없다. 벗꽃길이 이어지는 화개장터에서 쌍계사까지는 차도 사람도 거북이 걸음이다. 도로는 마치 거대한 주차장을 방불케 했다. 덕분에 주변의 식당들은 즐거운 비명을 지르고 있었다. 더구나 지금은 재첩 맛이 가장 좋은 봄이다. 사람들은 재첩국을 먹기 위해 먼 길을 마다하지 않고 달려왔다. 그동안 재첩식당에서 일해 온 덕분에 응안도 재첩 애호가가 다 됐다. 탱글탱글한 재첩을 씹는 맛은 물론이고 속까지 시원해지는 국물은 아무리 먹어도 질리지 않았다.

"그래, 많단다. 사장이야 좋겠지마는 니하고 내사 월급을 더 주는 것도 아이고 몸만 되지 뭐. 그래도 우야겠노. 이 집이 우리 목숨줄인데 열심히 일해야지."

낙천적이고 긍정적이던 평소의 북천댁답지 않게 말투가 삐딱했다. 아침부터 심기가 불편한 걸 보면 일이 많아서인 것 같지는 않다. 딸다섯 명을 낳고 얻었다는 망나니 아들이 또 말썽을 피웠나보다.

"아들이 또 애먹여요?"

대답은 아무 일 없다고 했지만 얼굴엔 먹구름이 잔뜩 끼어 있었다. 북천댁은 18살에 삼촌뻘 되는 늙은 총각하고 결혼을 했다. 고달프고 힘든 생활에다 나이 많은 남편은 여섯 명의 자식들만 남겨 두고 일찍 죽고 말았다. 꽃같이 젊은 나이에 과부가 되었다. 하긴 남편이 살아 있을 때도 북천댁의 형편이 나을 것은 없었다. 언제나 뼈가 빠지게 남의 집 품을 팔아야 자식들 입에 근근이 풀칠이나 할 수 있었다.

다행히 딸들은 공장이나 가게종업원으로 제 앞가림을 하다 짝을 찾아갔다. 결혼하기 전까지는 비록 몇 푼 되지 않아도 용돈을 주기도 했다. 딸들이 결혼하고 나서부터는 북천댁이 먼저 용돈을 주지 않아도 된다고 말했다. 자식들에게 보태주지는 못해도 짐이 되고 싶지는 않았다. 아직은 건강한 몸 덕에 자기 밥벌이는 할 수 있어서였다. 북천댁의 근심거리는 언제나 나이 사십이 되도록 어미가 식당에서 설거지해서 번 돈을 바라고 있는 아들이었다.

북천댁 아들은 늘 무릎이 튀어나온 트레이닝복을 교복처럼 입고 다녔다. 언젠가 주방에 들어와 응안의 가슴을 만지려고 해서 놀랐던 적이 있다. 그런 일이 있고 나서부터 어디서건 북천댁 아들이 보이기만 하면 기겁을 하고 피해 다녔다. 몇 번이나 북천댁에게 말을 할까 했지만 아직까지 하지 못했다. 아들 생각만 하면 장작불을 지핀 것처럼 속이 탄다는 북천댁 마음을 더 아프게 할 수 없어서였다.

"여기 국 하나 줘요."

작업복 차림의 남자가 출입구에서 주방을 향해 소리쳤다. 잘 생긴 얼굴에다 굵은 목소리까지 남자답다. 응안이 마늘을 까던 손을 멈추고 문 쪽을 바라 보다 움찔했다. 침착해지자는 생각과는 반대로 울렁거리는 마음이 가라앉지 않았다. 얼굴색까지 발그레해졌다. 생각하지 않으려고 해도 상철의 속삭임이 귓가에 생생했다.

"내가 다 알아서 할 터이니 응안은 그냥 따라오기만 하면 돼요. 아무 걱정할 것 없다니까 그러네. 고향에 있는 가족들도 보살피고 딸도 내 자식으로 생각하고 키울 거요. 차밭하고 배농사만 해도 우리 묵고

사는 데는 충분히 넉넉하지. 그러니 식당에서 이 고생하지 말고 내캉 합칩시다, 마."

정말 그래도 되는 걸까. 그리되면 이런 지긋지긋한 고생 안 하고 마음 편히 살 수 있겠지. 상철은 장점도 많아 보였다. 부드러운 성품에 몸도 건강한데다 상대를 배려할 줄 아는 사람이었다. 이제 그만 상철의 마음을 받을까. 그랬다가 만약 잘못되기라도 하면 어쩌지? 그렇게 되면 주위 사람들을 무슨 낯으로 대할까.

6개월 전쯤, 점심시간에 상철이 친구 두 명과 함께 식당에 왔다. 그때 응안이 무거운 쟁반을 들고 서 있는데 상철이 벌떡 일어나 받아들었다. 당황한 응안이 몇 번이나 괜찮다고 해도 상철이 쟁반을 뺏듯이 기어이 받아 들었다. 함께 왔던 친구들이 웬일이냐며 놀렸고 사장과 북천댁도 눈이 휘둥그레졌다.

상철이 돌아가고 나서 북천댁이 묻지도 않은 말을 해주었다. 나이는 사십 조금 넘었고 고등학교를 졸업했으며 부모와 살고 있는데 아직 미혼이라고 했다. 형과 누나들은 도시에 나가 잘 살고 있고 상철도 잠깐 부산에서 직장에 다녔는데 그만두고 와서 부모를 도와 농사를 짓고 있다고 했다.

한국에만 가면 모든 일이 다 잘 될 거라 믿었다. 한국에서 펼쳐질 장밋빛 미래를 상상하며 가슴이 터질 듯 부풀었다. 베트남에서 경두와 결혼식을 치를 때만 해도 그 마음에 변함이 없었다. 한국으로 오던 날, 배웅하는 부모와 어린 동생들을 보며 절대 기대를 저버리지 않겠다고 속으로 다짐했다. 그러나 그런 맹목적인 기대가 얼마나 미련하고 어리석었는지 얼마 지나지 않아 알게 되어버렸다.

　베트남에서 처음 만났을 때 경두가 했던 말들은 거의가 사실과 달랐다. 경두는 고등학교 3학년 때 아버지가 돌아가셨다고 했는데 정작 그는 초등학교 졸업이 학력의 전부였다. 아버지는 얼굴조차 기억하지 못했다. 감나무와 녹차를 재배하는 땅이 3천 평도 넘는다고 한 말도 거짓말이었다. 실제로 경두가 가진 것이라고는 대봉 감나무 100여 그루를 심어 놓은 200평 정도의 비탈밭뿐이었다. 집은 겨우 움막을 면한 정도였다. 방 두 개와 툇마루, 그때까지도 아궁이에 불을 때는 부엌이 딸린 세 칸짜리였다. 그런 것보다 응안을 더 실망시킨 일은 이미 심각한 상태가 되어 있는 경두의 건강이었다. 경두는 그동안 마셔댄 술로 인해 사십 대 중반의 나이에 벌써 간이 형편없이 망가져 있는 상태였다. 기가 막혔다. 응안의 실망감에 발맞추듯 경두의 건강은 급속도로 나빠졌다. 결국 결혼한 지 일 년 정도 지났을 무렵 감나무밭에 퇴비를 주다 쓰러지고 말았다. 부랴부랴 택시를 대절해서 하동 읍내 의원에 갔더니 머리가 하얀 의사는 큰 병원으로 가보라며 고개를 저었다. 뭔가 큰일이 벌어졌다는 불길한 예감은 진주의 종합병원에서 사실로 드러났다. 독한 술에 잠식당한 경두의 간은 이미 손을 써볼 수조차 없는 상태였다. 경두의 남은 생명이 얼마나 될지도 예측할 수 없다고 했다. 응안은 눈앞에 펼쳐진 현실을 어떻게 받아들여야 할지 아무 생각도 나지 않았다. 단지 이건 아닌데 하는 느낌과 함께 엄

청 화가 났다. 동시에 고향의 부모와 형제들이 떠올랐다. 한국 남자와
결혼해서 집을 떠나는 언니를 보며 부러워하던 여동생도 생각났다.
응안이 자리를 잡으면 여동생에게도 좋은 한국 남자를 소개시켜줄 계
획이었다. 동생도 응안이 보내줄 좋은 소식을 기다리고 있겠다고 했
다. 그러나 응안이 기대했던 한국에서의 무지갯빛 삶은 애초부터 존
재하지 않았다. 응안이 꿈 꾼 세상은 응안의 상상 속에서만 있을 뿐이
었다. 복잡한 심경을 털어버리려는 듯 응안이 낮은 소리로 "응안, 고
렌 고렌 힘내 힘내." 하고 웅얼거렸다.

"국물 쫌만 더 주소."

상철이 재첩국 국물을 더 달라고 하는 소리에 응안이 얼른 국 사발
을 들고 다가갔다. 밥을 말아 놓았는데 건더기만 남고 국물이 없었다.

"저녁에 길 카페에서 좀 봅시더."

국 국물을 부어주고 돌아서는데 상철이 응안의 손을 덥석 잡으며
말했다. 응안이 화들짝 놀라 손을 빼며 주위를 둘러보았다. 혹시 사장
이 보기라도 했을까봐 간이 콩알만 해졌다. 그러지 않아도 응안이 혼
자 되고 나서 홀아비들이나 노총각들이 집적거리는 것을 못마땅해 하
고 있던 사장이었다. 실없는 농담을 흘리는 남자들에게는 따끔하게
나무라는가 하면 응안에게는 곁눈 팔지 말고 조신하게 아이나 잘 키
우라고 일침을 놓았다. 사장이 염려하는 맘을 알기에 상철과도 몇 번
만났지만 마음으로는 선을 긋고 있었다. 그것도 상철이 진지하게 결

혼 말을 꺼내고부터는 피하고 있었다. 응안의 입장은 상철의 제안에 어떤 대답도 할 수 없었다. 딸도 그렇지만 치매에 걸린 시어머니와 같이 살자는 말은 차마 나오지 않았다.

만나자고 해도 바쁘다는 핑계를 대고 만나주지 않자 상철은 응안이 일하는 식당에 거의 매일이다시피 들렀다. 때론 여럿이 오기도 했지만 대개는 혼자 와서 재첩국만 먹고 갔다. 응안이 못 오게 할 계제도 아니었기에 내버려둘 수밖에 없었다. 그러나 사람들이 혹시 눈치라도 챌까봐 늘 마음을 졸였다.

"늦어도 상관없으니까 아홉 시까지 기다리고 있겠소."

응안의 대답은 듣지도 않고 상철이 일방적으로 시간과 장소까지 정해버렸다. 응안은 대꾸할 말을 잊고 주방으로 들어갔다.

"상철이 총각이 만나자 하제?"

상철이 하는 말을 들었을 리 없는데도 북천댁이 물었다. 이미 다 알고 있다는 태도였다. 눈치가 백단이다. 응안은 달리 할 말을 몰라 씻어 놓은 그릇을 개수통에 다시 넣었다.

"마, 어지간하면 못 이기는 척하고 받아줘라. 지금 한창 물오른 버들가지맨키로 이쁘고 참한 나인데 와 혼자 썩을라 카노. 내맨치로 늙어 쭈그렁바가지가 돼봐라 아무 놈도 쳐다보지도 않는다. 지금이 좋은 땐기라. 그러이 마, 죽자사자 목매는 놈 있을 때 팔자 고치뿌라. 그라고 총각이 또 얼매나 존노."

북천댁이 마치 자기 일이기라도 한 것처럼 큰 소리로 신이 나서 떠들었다. 아들 때문에 침울해 하던 좀 전의 일은 까맣게 잊은 모습이었다.

"잘 모르겠어요."

"모르긴 머를 몰라. 그라고 세상일이란 기 다 알고 나면 본래 몬 하는 기다. 모를 때 해야 일이 되는 기라"

"그럼 이모는 왜 다시 결혼 안 했어요?"

"나? 내사 같이 살자는 놈도 없었고. 또 옛날에는 여자가 재혼하는 거 곱게 안 봤다."

북천댁의 표정이 회한에 젖었다.

"바쁜데 무신 이야기가 이리 많노. 퍼뜩퍼뜩 손님 나간 상 치우고 준비 안 하고."

언제 들어왔는지 사장이 만삭의 산모처럼 부른 배를 들이밀며 두 사람의 대화를 잘랐다.

"이야기는 무신, 여 일은 지들한테 맺기고 카운터나 잘 보소. 아이고, 누가 돈 빼 갈라."

"내가 카운터만 지켜서 일이 제대로 돌아가야 말이지."

북천댁의 너스레에 사장이 나가고 응안은 씻어 놓은 뚝배기를 양은솥에 넣고 불을 댕겼다. 아무리 깨끗이 닦아도 재첩 담은 그릇은 비린내가 나서 하루 한 번씩 꼭 삶아야 한다. 대개는 손님이 비는 늦은 저녁에 삶는데 조금이라도 집에 빨리 가려는 욕심에 뚝배기가 나오는 대로 삶아두려는 것이었다. 펄펄 끓는 솥 옆에 서서 응안은 저녁에 만나자던 상철의 말을 골똘히 생각했다.

남자들은 응안이 혼자라는 것을 알고 난 뒤부터는 너도 나도 함부로 추파를 보내고 희롱을 일삼았다. 상철과 결혼하면 남자손님들의 짓궂은 농담이나 희롱을 당하지 않아도 된다. 결혼하면 일을 안 해도 되니까 하루 종일 딸과 함께 지낼 수 있고 혼자라고 업신여기던 사람들도 함부로 못 하겠지. 그리고 상철의 넓은 가슴, 잠깐 안긴 순간 느껴지던 그 따뜻한 품. 그 품에서 매일 잠들 수 있다. 어쩌면 동생도 데려오고 엄마의 소원인 새 집을 지어줄 수 있을지도 모르겠다. 상철과의 미래를 꿈꾸며 상상의 나래를 펼치던 응안의 표정이 일순 굳어졌다. 아니야, 상철과 결혼한다고 모든 게 다 해결되는 것은 아닐 거야. 경두하고 결혼할 때도 이렇게 되리라고는 생각조차 하지 못했다. 그랬는데 지금의 나는 이렇게 힘든 상태에 놓여 있다. 딸애와 시어머니까지 딸렸으니 어쩌면 경두하고 살 때보다 더 어렵고 힘들지도 모른다. 지금 내가 짊어지고 있는 짐을 상철에게 떠넘길 수는 없다.

왁자한 소리와 함께 열서너 명의 손님이 식당 안으로 들이닥쳤다. 예약한 단체 손님들이었다. 모두들 등산복에 트레킹화를 신고 있는 걸 보니 둘레길을 걷던 중이었던 것 같았다. 식당이 평사리 들판에서 화개 부춘마을로 이어지는 길목에 있어서 둘레길 걷는 손님들이 많았다.

응안은 미리 수저와 물 잔을 차려 놓은 식탁에 시원한 생수와 물수건을 인원수대로 가져다 놓았다. 일행 중에 연장자로 보이는 남자가 메뉴판을 보지도 않고 재첩국을 시켰다. 재첩회와 비빔밥이 있어도 손님들은 약속이나 한 것처럼 국을 주문했다.

"이 집 재첩 국산 맞죠?"

"네, 국산 맞아요. 앞에 보이는 섬진강에서 잡은 거예요."

"요즘은 국산이라 해도 믿을 수가 없으니. 참, 그래도 이 집은 방송까지 나왔으니 맞겠지."

국산이 맞느냐고 물은 손님이 자신 있게 대답하는 응안을 아래위로 훑어보았다. 한국사람 아니네? 하는 표정이었다. 이 정도의 시선쯤은 이제 아무렇지 않게 넘길 수 있다. 주방에다 재첩국 열네 그릇을 시켜 놓고 밑반찬들을 날랐다. 손님들은 누구 집 아들이 어느 대학에 들어갔고 누구 집 딸이 어느 회사에 취직했다는 등의 이야기를 나누며 식사를 했다.

손님들이 식사를 하는 동안 응안은 수저통을 정리하고 콩나물을 다듬었다. 딸은 어린이집에 잘 갔는지 모르겠다. 딸은 이번 봄부터 집 근처 초등학교 부설 어린이집에 다니고 있다. 아침 9시에 가서 오후 5시에 돌아오는데 점심도 주고 한글도 가르쳐 준다고 했다. 무엇보다 학비가 전액 무료인 것이 응안의 입장에선 가장 고마운 일이었다.

"그래, 시어무이는 좀 차도가 있나?"

사장이 자판기 커피를 빼서 건네주며 물었다.

"아니요. 더 나빠졌어요."

세 식구 생활하기에도 빠듯한 월급으로 꾸려 가는 살림에 시어머니의 약값은 큰 부담이다. 치매를 앓고 있는 시어머니 약은 한 달에 한 번 진주에 가서 타오는데 응안의 형편에는 힘에 부쳤다. 남편이 쓰러지고 가망 없는 투병을 하고 있는 기간에 시어머니에게도 병이 찾아왔다. 의사의 말대로라면 이미 오래전부터 서서히 진행되어오고 있었던 걸 모르고 지나친 결과였다. 돌이켜 생각해보면 한국에 와서 처음 시어머니를 만났을 때부터 뭔가 이상하다는 느낌이 들었다. 응안과 경두가 자고 있는 방에서 같이 자겠다고 하는가 하면, 장을 보러 가서 빈손으로 오기도 했다. 이해가 되지 않았지만 한국과 베트남 사람의 성향 차이라고 생각하고 넘겼는데 그게 아니었다.

어느 날인가는 산송장처럼 누워 있는 경두에게 밭에 거름도 안 주고 빈둥거리고 있느냐며 욕을 퍼부었다. 그 다음은 생각만 해도 아찔하다. 한참 욕을 퍼붓던 시어머니는 급기야 괭이를 들고 와 경두에게 내려치려고 했다. 응안이 기겁을 하고 말려서 망정이지 졸지에 줄초상이 날 뻔했다. 다음날 버둥대는 시어머니를 억지로 끌고 가다시피 해서 의사에게 보였더니 치매가 많이 진행된 상태라고 했다. 정기적으로 병원에 나와서 상태를 점검하고 약 처방을 받는 것 외에 할 수 있는 것이 없었다. 시어머니는 경두가 죽는 날에도 방문을 걸어 잠그고 전날 삶아둔 고구마를 먹고 있었다. 이웃 사람들은 지극정성으로 시어머니를 보살피는 응안을 두고 효부상을 주어야 한다고 입을 모았다. 응안은 그런 말을 들을 때마다 꼼짝없이 발목을 잡힌 것 같아 마음이 무거웠다. 시어머니와 딸만 생각하면 가슴이 답답하다 못해 숨이 멈추는 것 같다. 피붙이라고는 딸 하나밖에 없는 남의 땅에서 기약 없는 이런 생활을 언제까지 해야 할지 막막하기만 했다.

　카디건을 입었는데도 밤이라 그런지 팔에 소름이 돋았다. 지금쯤 고향 끼장의 날씨도 이럴 것이다. 한국 사람들은 베트남이 사철 더울 거라고 생각하지만 그렇지 않다. 한국처럼 봄, 여름, 가을, 겨울이 뚜렷하지는 않지만 계절마다 기온은 다르다. 응안이 한국에 오면서 가장 염려했던 것은 겨울 추위였다. 이제는 어느 정도 적응이 되었다 해도 추위는 여전히 싫다.

　어제 식당에서 잔 터라 일찍 들어가려고 서둘렀는데도 또 늦어버렸다. 예약한 손님들이 너무 늦게 도착한 탓이었다. 상철이 만나자고 했던 말을 떠올리고 식당 앞에서 잠깐 망설였지만 집으로 가는 길을 택했다. 집과 카페는 반대 방향이었다. 딸아이가 눈이 빠지게 기다리고 있을 거라는 생각을 하자 응안의 걸음이 빨라졌다.

　봄밤의 차가운 바람이 상쾌했다. 하루 종일 주방과 홀을 뱅뱅 도느라 답답했던 가슴이 뚫리는 기분이었다. 바람결에 난분분 날아온 꽃잎이 응안의 얼굴을 스치고 떨어졌다. 길게 이어지는 꽃길 위에 환하게 조명이 비춰지고 있었다. 전국에서 사람들이 꽃구경을 하러 몰려들어도 응안은 한 번도 한가하게 벚꽃거리를 걸어보지 못했다. 오히려 관광객이 몰리는 때는 더 정신이 없었다. 새벽같이 식당에 출근해서 종일 국을 끓이고 설거지를 하다 늦은 밤이 돼서야 집에 가면 지친 몸을 누이기 바빴다. 꽃이 피는지 꽃이 지는지 생각할 여유조차 없는 나날이었다.

주말에 치러질 노래자랑대회 현수막이 벚나무 사이에서 펄럭이고 있었다. 노래자랑에 같이 나가자고 하던 북천댁 생각이 났다. 한국말을 익히는 데 드라마 보기와 노래 부르기가 제일이라는 경두의 말을 듣고 한국가요를 배웠다. 경두는 응안이 노래 부르는 걸 재미있어 했다. 때로는 평을 하기도 했는데 늘 후한 점수를 주었다. 응안이 나지막이 노래를 부르기 시작했다. "그토록 다짐을 하건만 사랑은 알 수 없어요. 사랑으로 눈 먼 가슴은 진실 하나에 울지요…." 응안의 노래 소리가 꽃길을 따라 퍼져 나갔다.

길가에 드문드문 밤 벚꽃을 즐기는 사람들이 보였다. 젊은 부부가 갓길에 차를 세워 놓고 아이들 사진을 찍느라 여념이 없었다. 그러고 보니 경두와 찍은 사진이라곤 달랑 베트남에서 결혼식 때 찍은 것밖에 없다. 한국에 와서는 읍내 식당에서 친척들과 식사를 하는 것으로 결혼식을 대신했다. 비용이 부담되기도 했고 결혼식을 두 번씩이나 하고 싶지 않다는 경두의 뜻에 따른 일이었다. 딸아이도 그 흔한 백일이나 돌 사진 한 장 없다. 태어나고 얼마 되지 않아 오랜 기간 병석에 있던 경두가 저 세상으로 갔기 때문이었다. 젊은 부부는 사진을 찍느라 아이들에게 이런 저런 포즈를 취하게 하고 셔터를 눌렀다. 꽃이 다

지기 전에 딸과 사진을 찍어야지 생각하는 순간 상철의 얼굴이 떠올랐다. 딸을 안고 있는 상철 옆에서 브이 자를 그리고 있는 자신을 떠올리자 더운 홍차를 마신 것처럼 가슴이 따뜻해졌다. 어두운 골목을 걸어가는데도 누군가 앞에서 등불을 비춰주고 있는 것처럼 느껴졌다.

대문 앞에 다다랐을 때 옆집에 사는 투윗이 응안을 불렀다. 오래서 있었는지 응안을 보자마자 다리가 아프다며 바닥에 털썩 주저앉았다. 투윗도 베트남에서 왔는데 응안보다 한 달 정도 먼저 결혼했다. 투윗의 남편은 배를 타고 재첩을 잡는다. 배도 자기들 소유고 논도 제법 있어서 꽤 넉넉한 편이다. 식당도 투윗의 남편이 소개해줘서 일하게 되었다. 한국에 와서 알게 된 사이지만 이제는 친구 이상인 친자매처럼 가깝게 지내고 있었다. 무슨 일이냐고 묻는 말에 대답은 않고 투윗이 울음을 터트렸다.

"시엄마 때문에 못 살겠어."

한바탕 울고 난 투윗이 응안을 붙잡고 하소연을 했다. 투윗은 매달 말경에 생활비를 받아왔는데 이번에는 두 달이나 받지 못했단다. 지난달부터 시어머니가 생활비를 쥐고 투윗에게 필요할 때마다 얻어 쓰라고 했다는 것이다. 투윗의 씀씀이가 헤프다는 것이 이유라고 했다. 시어머니의 태도가 워낙 완강해서 남편도 참으라는 말만 하고 있다 했다. 결혼하고 줄곧 용돈을 타 쓰다가 생활비를 맡은 지 고작 일 년도 되지 않는데 너무한다며 분개했다.

"나, 남편하고 안 살 거야."

"이혼하면 불법 체류자 되는 거 알면서 그런 말을 하는 거야? 아니면 베트남으로 가려구?"

"지금 남편보다 더 좋은 남자 만나서 결혼하면 되지. 남자들 나 많이 좋아해."

투윗이 당장이라도 헤어질 것처럼 잘라 말했다. 단단히 화가 난 것 같았다.

그동안 남편이 가져다주는 생활비를 꼬박꼬박 받는 투윗이 부러워서 질투가 날 때도 있었다. 그래도 베트남 며느리가 외국인이라고 믿지 못하고 무시하는 건가 싶어 덩달아 화가 나려했다.

"그동안 말 안 해서 그렇지 나 많이 속상했어."

투윗은 쌓인 것이 많은지 시어머니에 남편까지 싸잡아서 거품을 물고 성토했다. 응안이 보기엔 아무런 불만이 없을 것 같았는데도 정작 당사자 입장은 그게 아닌 모양이었다. 컹컹, 개 짖는 소리가 골목을 휘저었다. 씩씩대는 투윗에게 응안이 해줄 수 있는 것은 참으라는 말밖에 없었다. 투윗을 달래느라 말은 그렇게 했지만 가난 때문에 이 먼 이국땅까지 와서 고통을 받는 자신과 투윗의 신세가 처량하기만 했다. 한참 동안 날뛰던 투윗이 지쳤는지 어느새 입을 다물고 발로 땅을 쿵쿵 굴렀다.

투윗이 진정된 것 같아 집으로 들어가려는데 저만치 누군가 걸어오는 것이 보였다. 투윗의 남편이었다.

"안 들어오고 와 여서 이러고 있노."

슬리퍼를 끌며 달려온 투윗의 남편이 팔을 잡아 일으켰다.

"안 갈 거야. 집에 안 갈 거야."

"안 가긴 어딜 안 간단 말이고. 어데 갈 데는 있고 그런 소리를 하나. 마, 내가 잘못했으니까 기분 풀고 들어가자."

"시엄마가 자꾸 나한테 욕해서 싫어. 안 갈 거야."

"엄마도 다 잘 하라고 가르치는 거지. 미안하다고 하고 생활비도 다시 니한테 준단다. 그러니 인자 화 풀어라."

두 사람은 한동안 실랑이를 벌이다 집으로 들어갔다. 남편의 손에 이끌려 가던 투윗이 뒤돌아서서 응안을 향해 쌩긋 웃었다. 행복해 보이는 표정이었다. 응안은 쓸쓸해지려는 마음을 다잡듯 보폭을 크게 해서 빠르게 걸었다.

처마에 등도 켜지 않은 집은 빈집처럼 적막했다. 시어머니가 걱정되어서 건넌방 문부터 열어 보았다. 언제나처럼 시어머니는 작고 마른 몸을 달팽이처럼 말아 모로 누워 있었다. 반도 비우지 않은 밥그릇과 반찬이 담긴 쟁반이 윗목에 놓여 있었다. 응안은 시어머니의 코에 귀를 대고 숨소리를 확인했다. 가늘지만 규칙적으로 숨을 쉬고 있었다. 그때서야 안심이 되었다. 응안이 재바른 솜씨로 수건에 더운물을 적셔서 시어머니의 몸을 닦았다. 아랫도리에서 시큼한 지린내가 코를 찔렀다. 그러나 잠깐 코를 찡그렸을 뿐 하던 일을 멈추지 않았다. 죽은 듯 미동도 없던 시어머니가 속옷까지 다 갈아입히고 나서야 혼곤

한 잠에서 막 깨어난 눈으로 응안을 바라보았다. 낯선 타인을 경계하는 두려움에 젖은 눈길이었다. 상태가 더 나빠진 것 같았다. 먹다 남긴 시래깃국을 데워 밥을 말아 떠먹였다. 배가 고팠는지 시어머니는 응안이 넣어주는 밥을 아가처럼 순하게 받아먹었다. 배가 부른지 시어머니는 그만 먹겠다는 뜻으로 고개를 가로저었다. 몇 번 등을 두드려주고 나서 자리에 눕히니 금방 눈을 감았다. 잠이 든 걸 확인한 응안은 살며시 방문을 닫아주었다. 그때서야 아직 딸을 데려오지 않았다는 생각이 났다. 어제 식당에서 잤으니 이틀 만에 만나는 셈이었다. 딸을 떠올리자 갑자기 마음이 급해졌다.

"엄마."

마당을 가로질러 한달음에 달려온 딸아이가 품에 안겼다. 졸음을 이기느라 자주 눈을 깜빡거렸다.

"엄마 온 거 어떻게 알고 왔어? 엄마가 데리러 가는 중이었는데. 고모는 안 오고 혼자 온 거야?"

응안의 물음에 대답도 없이 딸은 목을 끌어안고 놓을 줄 몰랐다. 하룻밤 떨어져 잤을 뿐인데도 딸은 몇 년 만의 상봉이기라도 한 것처럼 응석을 부렸다. 응안도 딸을 안고 볼을 부비고 입을 맞추었다. 어린 딸에게 너무 많은 시련을 준 것 같아 늘 마음이 아팠다. 딸은 커 갈수록 경두를 닮았다. 작은 눈에 비해 오똑한 코와 도톰한 입술이 경두의 얼굴을 축소시켜 놓은 것 같다. 응안을 닮은 데는 짙은 살색의 피부, 또래에 비해 작은 키다. 투윗의 남편이 아이들을 자전거에 태우고 다니는 모습을 보며 눈물을 흘린 적이 한두 번이 아니었다. 어린 딸의 어리광에 응안은 좋은 아빠가 되어 주겠다던 상철을 생각했다.

딸을 먼저 방에 들여보내고 세탁기를 살피던 응안이 얼어붙은 듯 멈춰 섰다. 상철이었다. 상철이 대문 앞에서 오른손을 흔들었다. 약속 장소에 나오지 않는 응안을 기다리다 찾아온 것 같았다. 응안은 상철을 기다리게 했던 미안함보다 혹시 누가 보기라도 할까봐 더 마음이 탔다.

"이렇게 불쑥 찾아오면 어떡해요."

응안이 말릴 틈도 없이 상철이 성큼 마루에 걸터앉았다. 응안이 저도 모르게 주위를 둘러보았다. 이웃에서 누군가 보기라도 하면 대놓고 남자를 끌어들인다고 흉을 볼 게 뻔했다.

"그렇게 서 있지 말고 여기 좀 앉아요. 내가 오늘은 꼭 대답을 들어야겠다 싶어서 작정하고 왔으니 쫓아낼 생각일랑 접고."

"무슨 말을 할 건데요."

"그것보다 우선 이거 받아요."

상철이 주머니에서 립스틱 한 개를 꺼내 응안의 손에 쥐어 주었다. 화사한 오렌지색이었다. 언젠가 무슨 색깔을 좋아하느냐고 물어서 오렌지색이라고 대답했던 기억이 났다. 울컥 응안의 목이 잠겼다.

"제가 베트남 여자인데도 부모님이 허락할까요. 거기다 딸까지 딸렸는데. 상철 씨는 총각이고. 사람들이 손가락질할 거예요."

"누가 손가락질을 한단 말이에요. 사람들의 입방아 따위 신경 쓸 필요 없어요. 그런 것보다 우리는 우리 둘 생각만 해요."

상철이 와락 응안을 껴안았다. 응안의 몸이 휘청했다.

"이것들이 지금 뭔 짓거리를 하고 있노?"

애틋한 감정에 싸여있는 두 사람을 깨운 사람은 상철의 어머니였다. 상철이 더 놀라 응안을 저만치 밀쳐냈다. 상철의 어머니가 놀라 어쩔 줄 몰라 하고 있는 응안의 머리채를 대뜸 휘어잡았다.

"이년이 간이 배 밖에 나와도 유분수지. 베트남인가 어덴가 하는 근본도 모르는 인간은 고사하고, 새끼까지 딸린 년이 생짜배기 총각한테 시집을 오겠다꼬? 어린기 얼매나 요망을 떨었으면 내 아들이 저래 홀딱 넘어갔겠노. 암만 그래도 외국여자한테서 자손을 볼 수는 없다."

상철의 어머니는 응안의 머리채를 몇 차례 흔들어 놓고도 분이 안 풀리는지 흥분을 가라앉히지 못하고 날뛰었다. 응안은 지금의 상황을 어떻게 받아들여야 할지 몰라 어안이 벙벙했다. 상철이 얼마 전부터 적극적으로 결혼 얘기를 꺼내서 마음이 흔들리기는 했지만 그뿐이었다. 간단한 일이 아니라는 것쯤은 응안도 충분히 알고 있었기 때문이었다. 그랬는데 상철의 어머니가 느닷없이 쳐들어와서 응안이 유혹해서 홀리고 있다며 펄펄 뛰고 있었다. 서러워진 응안이 두 손으로 얼굴을 가리고 흐느꼈다.

"여는 우째 알고 왔능교."

"와, 내가 몬 올 데를 왔나. 내가 이래 안 찾아왔으면 둘이서 살림이라도 차릴라 했더나.”

응안을 흘겨보느라 허옇게 흰자위가 드러난 눈을 치뜨며 퉁명스럽게 말했다.

“그래도 그렇지, 내 말도 안 들어보고 응안한테 이래 난리를 치면 우짜요. 엄마가 깡팬교?”

상철의 어머니가 잠깐 주춤했다.

“어무이가 자꾸 외국여자, 외국여자 하는데요, 그러면 우리나라 여자가 이런 촌구석에 시집을 오는 기요. 이 동네서 나고 자란 처녀들도 다 대처로 가는 마당에. 우리 동네만 해도 마흔 살 넘은 늙은 총각이 얼매나 많은 기요. 그 총각들이 와 장가를 못 갔게요. 처녀들이 촌에 올라고 해야 말이지요. 어무이가 끝까지 반대를 하면 나도 총각으로 늙어 죽을 수밖에요.”

상철이 목에 핏대까지 세우며 사정을 해도 어머니는 응안에게 다시는 만나지 않겠다는 맹세를 하라고 다그쳤다. 밤을 새워서라도 약속을 받아 내고야 말겠다는 듯 응안을 막아선 채로 꼼짝하지 않았다.

아침부터 비가 내린 탓인지 식당은 종일 한가했다. 사장은 일찌감치 집에 들어가고 북천댁도 바빠서 미뤘던 침을 맞으러 한의원에 갔다. 초저녁인데도 비 때문인지 밖이 어두웠다. 상철이 만나자고 한 시간이 가까워지고 있었다. 약속시간에 꼭 나와 달라는 당부와 함께 기쁜 소식을 기대한다는 말도 잊지 않았다.

한바탕 난리를 치고 난 이후로도 상철의 어머니는 수시로 응안을 찾아왔다. 상철을 놓아 달라고 애원하는가 하면 때로는 협박에 가까운 엄포를 놓기도 했다. 응안이 아무리 해명하고 사정해도 막무가내였다.

며칠 전에는 식당에까지 와서 고함을 지르며 소동을 치는 바람에 사장도 알게 되었다. 염려했던 것과는 달리 사장의 반응은 의외로 호의적이었다. 그동안 응안을 단속했던 건 혹시라도 나쁜 소문에 휘말리기라도 할까 노파심에 그랬다며 좋은 사람을 만났으니 다행이라고 했다. 상철의 어머니가 반대해도 끝까지 포기하지 말고 힘내라는 격려까지 해주었다. 뒤늦게 알게 된 시누이도 응안의 새 출발을 축하해주었다. 그동안 할 만큼 했으니 이제는 자신의 행복을 찾으라는 말을 하며 눈시울을 붉혔다. 이제 상철의 어머니만 허락해주면 될 것 같았다. 그러나 응안에게 상철의 어머니라는 벽은 너무도 견고하고 높았다.

응안이 기도하는 자세로 두 손을 모았다. 딩동, 문자가 배달된 소리가 났다. 상철이 보낸 문자였다.

약속시간 잊지 마세요. 그럼 좀 있다 봐요. 하트 모양의 이모티콘도 다섯 개나 그려져 있었다.

"응안, 우리도 행복해질 권리가 있어요. 그러니 이제 더 이상 망설이지 말아요."

상철의 달콤한 목소리가 뇌리를 떠나지 않았다.

주방 정리를 마친 응안은 오랜만에 화장을 했다. 눈 밑에 도드라진

다크서클을 감추기 위해 정성 들여 분을 바르고 볼연지를 찍고 눈썹을 그렸다. 언뜻 상철어머니의 성난 표정이 떠올랐다. 상철의 어머니가 바로 옆에서 쳐다보고 있기라도 한 것처럼 응안이 움찔하고 몸을 떨었다. "상철의 말대로 나도 행복해질 권리가 있어." 응안이 가방에서 상철이 선물해준 립스틱을 꺼냈다. 검은색의 케이스는 기름을 바른 것처럼 반들거렸다. 립스틱 뚜껑을 열려던 응안이 정지 화면처럼 멈칫했다. 꼭 상철과 결혼해야만 행복해지는 걸까? 응안이 한동안 화가 난 것처럼 거울속의 자신을 노려봤다. 눈동자가 불안하게 움직이고 심장의 박동이 빠르게 뛰었다. 응안이 열었던 립스틱 뚜껑을 꾹 눌러 닫았다.

꿈이었을까

눈을 감은 채 수화기를 잡으면서도 나는 꿈속에서 헤어 나오지 못하고 있었다. 홍매화를 보고 있었다. 내가 서 있는 곳이 어디인지 알 수 없었으며 그곳에 간 이유는 더더욱 몰랐다. 보이는 것은 낭자한 핏자국처럼 붉게 피어 있는 홍매화뿐, 주위는 깜깜한 어둠이었다. 유독 붉은 빛이 도드라져 보이는 꽃을 보며 꿈속에서도 나는 형언할 수 없는 두려움에 진저리를 쳤다. 비명이 터져 나오려는 순간 난데없이 전화벨이 울렸고 연이어 "홍매화가 피었대." 하는 말이 잠을 깨웠다. 홍매화를 보고 있었는데 난데없이 홍매화가 피었다니 절묘한 우연에 어리둥절했다.

지난밤을 꼬박 뜬눈으로 세운 나는 새벽녘이 되어서야 잠이 들었다. 이제는 습관처럼 되어버린 불면 탓에 어젯밤도 어김없이 날을 새웠다. 눈에 들어오지 않는 잡지를 뒤적이는 것도 음악을 듣는 것도 요즈음은 아무 도움이 되지 않았다. 가까스로 잠이 들어 전화벨이 나를 깨울 때까지 두어 시간 정도 눈을 붙이기는 했지만 몸은 숨 쉴 기력조차 없을 정도로 피곤했다. 꿈을 깨고 나서도 나는 한동안 수화기 저편에서 날아오는 소리를 꿈의 연장으로 생각했다. 전화한 사람이 미라인 것을 알았을 때에야 가위에 눌렸다 깨어난 것처럼 정신이 확 들었다.

"미라구나 웬일이야."

"아직 자는 거야? 함월사 홍매화가 피었대."

이제야 누구인지 알았냐는 듯 미라의 뒷말에 웃음기가 섞였다. 그러고 보니 내가 너무 딱딱하게 대한 것 같아 조금 미안했다. 그러나 미라는 평소의 그녀답게 조금도 기분이 상한 것 같지 않은 눈치였다. 삼십 분 후에 집 앞으로 갈 테니 준비하고 기다리라는 말을 하고 미라는 전화를 끊었다. 내 의견은 묻지도 않고 일방적으로 약속을 해버리나 싶었지만 불쾌하지는 않았다.

집 안은 어김없이 텅 비어 있었다. 지름이 넓은 북처럼 막대기로 두드리면 여기저기에서 둥둥둥 하고 공명음이 들릴 듯했다. 영우에게선 열흘이 지난 오늘까지 아무런 소식도 없었다. 설사 돌아온다 해도 그는 끝까지 전화 한 통 하지 않을 것이다.

침대에서 몸을 일으키는데 무거운 물건을 들어 올릴 때처럼 허리가 뜨끔했다. 한 달 전 술에 취해 소란을 피우던 영우가 발작적으로 던진 의자에 맞은 후유증이었다. 진작 병원에 갔어야 했는데 미련을 떨다가 병을 키우고 말았다. 신경외과에서 물리치료를 받고 한의원에 가서 침도 맞았지만 여태 별 차도가 없었다. "자꾸 이렇게 반복해서 허리를 다치면 아예 못 쓰게 될 수도 있어요." 의사는 내가 상습적으로 매를 맞는 여자로 생각한 모양이었다. 이맛살을 찌푸리며 나를 바라보는 초로의 의사를 향해서 아니라고 하려다 입을 다물고 말았다. 사실 그런 일은 종종 있었다. 그가 맨 정신으로 나를 구타한 적은 없었지만 내 몸에 멍 자국이 생기는 일은 이따금 있는 일이었다. 영우는 마치 정기적인 행사를 치르듯 자신의 감정 기복에 따라 나와 자신을 혹독하게 몰아붙였다.

한바탕 소동을 벌이고 난 다음날, 꼼짝 못하는 나를 보고서야 비굴할 정도로 사과를 했지만 그 때뿐이었다. 어떤 연유든 아물지 못한 상처를 건드리는 일만 생기면 영우는 허공에 주먹을 날리며 울부짖는 행태를 반복했다. 때론 거기서 끝나지 않았다. 누구에겐지 모를 저주를 퍼붓거나 바닥을 뒹굴거나 그도 아니면 자신이 죽겠다고 길길이 날뛰었다. 처음엔 그런 영우를 이해하고 참아 내야 한다고 생각했다. 그래서 한밤중에 병든 짐승처럼 고래고래 고함을 질러도, 행선지를 말하지 않고 며칠씩 집을 비워도, 밤새 고문하듯 난리를 쳐도 참아 내야 한다고, 받아들여야 한다고 이를 악물었다. 그러면서 언젠가는 달라질 것이라고 믿었다. 그러나 세월이 흘러도 달라지거나 멈추기는커녕 그의 미친 듯한 포악은 점점 더해갔다. 영우가 피폐하게 망가져 가는 모습을 대책 없이 바라보고 있어야 하는 것은 나에게 엄청난 형벌이었다.

나는 두 손으로 무릎을 짚고 천천히 일어났다. 미라가 올 때까지 준비를 하려면 서둘러야 했다. 목이 늘어진 티셔츠를 벗고 욕실로 들어갔다. 문을 열자 푸른색 플라스틱 화분이 동그마니 놓여 있었다. 하얀 타일 바닥에 놓인 화분은 욕실 분위기와 전혀 어울리지 않아 이물감마저 들었다. 영우가 물을 주고 베란다로 옮겨 놓지 않았나 보다. 혹시 집을 비우는 동안 내게 물을 주라는 뜻으로 그대로 놔두었을까. 며칠 동안 욕실 안에 있었을 텐데 이상하게 그동안 잊고 있었다. 하루에도 몇 번씩 들락거리면서 어떻게 까맣게 잊고 있었는지 내가 생각해도 의아했다. 그러고 보니 물을 준 지도 벌써 열흘이나 됐다.

내가 열흘이라고 또렷이 기억하는 것은 그날 오후에 나간 영우가 여태 집에 들어오지 않고 있기 때문이다. 그는 십 일 동안 전화 한 통 없었다. 그의 느닷없는 부재는 전에도 가끔 있는 일이었지만 이번에는 그 기간이 좀 길었다. 하루나 이틀 기껏해야 닷새를 넘지 못했는데 이번에 꽤 오래가는 것 같았다. 보나마나 어느 시골 소읍의 허름한 여관에 누워 뒹굴거나 가파른 산 능선을 타고 있을 거다. 며칠씩 집을 비운 뒤에 돌아온 그는 산사태 속에 파묻혔다 살아 나온 것처럼 입고 있는 옷이 흙투성이일 때가 대부분이었다. 그렇지 않으면 비린 바다 냄새를 묻혀 왔다. 때를 가리지 않는 그의 광기와 함께 말도 없이 훌쩍 나갔다 오는 이상한 성벽을 용납하기는 어려웠다. 도무지 정상인의 행동이라고는 여겨지지 않았다. 그러나 그는 내 감정 따위에는 별 신경을 쓰지 않는 것 같았다. 애써 해명하려고도 하지 않았다.

매화는 물을 먹지 못한 탓에 이파리가 시들어 있었다. 손만 대면 바싹 바스라질 것처럼 줄기도 말라 있었다. 자세히 보니 흙 위에 새까만 벌레들이 꼬물거리며 기어 다녔다. 꽃을 피우지 못한 이유가 벌레 때문이었나. 물을 줄까 하다 그만 두었다. 어차피 살아날 것 같지도 않고 살리고 싶지도 않았다.

거울에 비친 내 모습이 낯선 사람으로 보인다. 탄력 없는 피부와 핏기를 잃은 입술, 두 눈은 만성피로에 젖어 우묵하게 패어 있다. 누가 봐도 나이보다 서너 살은 더 많아 보일 것 같다. 나는 만나고 싶지 않은 사람을 외면하듯 고개를 돌려 버렸다. 신경질을 부리듯 몸에 물을 끼얹고, 비누를 듬뿍 묻힌 타월로 얼굴과 가슴과 다리를 빡빡 소리가 나게 문질렀다. 무언가 손에 잡히는 대로 집어던지고 찢어버리고 싶은 충동이 일었다. 나는 수도를 틀어 머리가 얼얼해질 때까지 샤워기를 대고 있었다.

젖은 머리를 말리고 있는데 미라가 왔다. 경비실 앞에서 기다렸는데 내가 오지 않아서 올라왔다고 했다. 샤워하는 데 너무 시간을 끌었던 모양이었다. 그녀는 체크무늬의 랩 치마와 겨자색 블라우스 위에 베이지 색 트렌치코트를 입었다. 꽃을 보러 가기에 어울리는 차림이었다. 커피를 줄까 물었지만 마시지 않겠다고 했다. 미라를 앉혀 놓고 나는 화장을 하고 옷을 갈아입었다.

"이거 직접 만든 거니?"

거실을 둘러보던 미라가 십자수로 만든 쿠션을 들고 물었다. 영우가 며칠씩 집을 비우는 날이면 하루 종일 앉아 십자수를 놓았다. 집과 나무와 울타리를 만들고 마당에는 졸고 있는 강아지도 수놓았다. 그림 속의 집에는 광기를 부리는 남자도 없고 그런 남자가 던진 의자에 맞아 허리를 다친 여자도 없다. 나는 쿠션 커버에 십자수를 놓으며 내 집도 이렇게 평화롭고 행복해질 수 있을까 하고 생각했다. 한때는 나도 그런 꿈을 꾸었다. 영우와 함께 건강하고 예쁜, 뺨이 빨간 아이에게 그네를 태우고 동화책을 읽어주고 목욕을 하면서 간지럼을 서로 태우는. 찌개 냄비를 올려놓았다 내려놓았다 반복하며 남편의 퇴근 시간을 기다리는 그런 평범한 행복을 말이다. 그러나 영우에게는 애초부터 일상적인 그런 행복을 기대한 것이 무리였는지 모른다.

"몰랐어. 너한테 이렇게 다감한 면이 있는지."

미라까지도 예전의 나를 잊어버렸나 보다. 영우를 만나고부터 나는 많은 것을 잃었다. 이를테면 물새를 보기 위해 겨울 바다엘 가거나 향이 좋은 차 한 잔을 마시러 먼 곳에 있는 찻집을 찾는 여유 같은 것. 또 있다. 좋은 영화를 세 번쯤 보고 일과처럼 서점을 순례하는 재미 같은 것들. 그러나 이제는 그런 것들을 생각조차 하지 않는다. 아니 할 수 없다. 니트 카디건을 걸치고 집을 나섰다. 엘리베이터를 타고 내려와 경비실을 지날 때 나는 잠시 망설였다. 그리고 아까부터 줄곧 만지작거리고 있던 열쇠를 경비에게 맡겼다. 혹시 영우가 올지 모른다는 생각 때문이었다.

고속도로로 올라서자 미라는 속력을 내기 시작했다. 속력 때문인지 커브를 돌 땐 몸이 튕겨 나갈 듯 옆으로 기울었다. 계기판이 120을 넘어서고 있는데도 뒤따라오는 차가 위협하듯 경적을 계속 울렸다. 미라가 주행선으로 옮기는 순간 검은색 볼보가 날아가듯 달렸다.

"저렇게 달려야 직성이 풀릴까."

미라가 볼멘소리를 했다.

"운전도 다 성격대로인 것 같아. 그런데 갑자기 웬 홍매화야?"

의자를 고쳐 앉으며 내가 물었다. 미라에게 묻는 말이었지만 나에게 묻고 싶은 말이기도 했다. 간밤에 느닷없이 홍매화 꿈을 꾼 것도 그렇거니와 욕실 구석에 처박힌 채 시들어 가던 화분이 눈에 들어온 것도 새삼스러웠다. 거기다 미라까지 홍매화를 보러 가자니. 미처 깨닫지 못하고 있었지만 그동안 나는 은근히 홍매화 화분에 신경이 쓰였던 것일까.

늦더위가 극성을 부리던 지난 팔 월 어느 날에 영우가 매화 분재를 들고 왔을 때 나는 좀 의아했다. 그때도 영우는 훌쩍 나갔다 삼 일 만에 집에 왔던 참이었다. 벨 소리를 듣고 현관문을 열었는데 영우는 보이지 않고 먼지가 뽀얗게 앉은 화분이 하나 있었다.

난데없이 들이민 화분도 화분이지만 그것을 광주에서 가져왔다는 사실에 나는 아연했다. 그러니까 그 먼 거리를 버스에 흔들리면서 싣고 왔다는 말이었다. 문만 열고 나가면 널려 있는 것이 화원이었고 화원마다에 매화는 흔했다. 그런데 이걸 들고 오다니 기가 막혔다. 내 생각이야 어떻든 상관없다는 태도로 영우는 정성 들여 화분 둘레에 묻어 있는 흙을 닦아 내고 물을 주어서 제자리를 찾아주었다. 홍매화를 보살피는 영우의 태도가 어찌나 진지하고 정성스러운지 질투가 날 정도였다.

"…정말 똑같았어." 홍매화를 사온 그날 밤 영우가 혼잣말처럼 중얼거렸다. 나는 아침에 미처 읽지 못한 신문을 뒤적이고 있었고 영우는 옆에서 TV를 보고 있었다. 그러나 그는 건성으로 한 번씩 눈길을 줄 뿐 화면을 보고 있는 것 같지 않았다.

"방금 뭐라 했어요?"

내가 다시 물었을 때 그가 속삭이는 것처럼 말했다.

"그때 말이야, 그곳에서 보았던 꽃하고 똑같았어. 그 아이가 들고 있던 화분 속에 피어 있던 꽃."

깃털처럼 부드러운 목소리와는 달리 그의 표정은 음울했다. 그 순간 머리끝이 쭈뼛 서는 섬뜩함이 느껴졌던 것을 달리 설명할 길이 없다. 뭐랄까, 어두운 밤길을 혼자 걸어갈 때 느끼게 되는 본능적인 두려움 같은. 거울을 보지 않았지만 틀림없이 내 표정은 흉하게 일그러졌을 것이다. 나는 표정을 들키지 않으려고 얼른 신문으로 눈을 돌렸다. 한참 만에야 그가 하는 말이 무슨 뜻인지 알았다.

그럴 때마다 나는 곧잘 혼란스러워졌다. 저런 말을 태연스레 하는 영우를 도무지 알 수 없었다. 꼭 나를 놀래주려고 장난을 치는 것 같았다. 이미 오래전부터 나는 그의 정신이 회복할 수 없을 정도로 망가졌다고 생각하고 있었다. 그런 그가 가끔 기억상실증에서 벗어난 사람처럼 평소와는 다른 얼굴을 할 때가 있었다. 말갛게 세수를 하고 나온 듯 단정한 말과 행동. 아침에 일어나서 조깅을 하고 식사를 하고 출근을 하고 직장 동료들과 회식에서 마신 술에 취해서 들어오는, 보통의 가장들처럼 보일 때가 있었다. 그럴 때도 나는 혼란스러웠다. 어떤 것이 진짜 영우의 얼굴일까 싶었다. 그 순간도 그랬다.

"말도 안 돼요. 어떻게 저 화분이 옛날의 그것이라는 말이에요."

나는 되도록 그를 자극하지 않으려고 애쓰며 조심스레 말했다. 그러나 미처 말을 끝맺기도 전에 나는 아차 하고 말았다. 영우의 표정이 눈에 띄게 굳어졌다. 그가 취할 다음 행동이 두려웠다.

"내 말을 믿지 않는군. 그래, 어차피 내 말을 믿어주는 사람이 없었으니까. 그때도 그랬어. 아이가 먼저 내게 총을 겨누었다고 말해도 아무도 믿지 않았어."

앞서 가던 차들이 일제히 비상등을 깜빡거리며 멈추었다. 요일이나 시간대로 봐서 차가 밀릴 이유가 없었다. 무슨 일인가 했는데 사고가 났다고 했다. 저만치 검정 색 승용차가 중앙 분리대를 들이받고 뒤집혀 있었다. 반쯤 열린 차문 밖으로 푸른색 옷자락이 삐죽 나와 있었다. 자세히 보니 아까 우리 앞을 추월해 간 차였다. 운전자들 중에는 차에서 기다리기가 지루한지 밖에 나와 사고 현장을 기웃거리기도 했다. 조금 있으니 경찰차가 달려오고 뒤따라 구급대가 당도했다.

"영우 씨는 아직 소식 없니?"

다시 차가 움직이기 시작했을 때 미라가 물었다.

"없어, 곧 오겠지 뭐. 내 얘긴 맨날 해봐야 그렇고 너야말로 결혼 안 할 거니?"

왠지 영우 말을 입에 담기 싫어 나는 엉뚱하게 미라에게로 화제를 돌렸다. 미라는 아직 미혼이다. 고등학교 이 학년부터 십 년 동안 사귀었던 애인이 어느 날 다른 여자와 결혼을 해버렸다. 미라는 말할 것도 없었지만 나까지 기절할 정도로 놀랐던 기억이 난다.

"결혼? 나 그런 거 안 해. 그냥 이렇게 살고 싶어. 편하잖아."

미라는 언제나처럼 그렇게 말했다. 그러나 나는 미라의 말이 액면대로 믿어지지 않았다. 그녀는 한 사람을 사랑했고 그리고 그 사랑을 잃은 괴로움 때문에 죽음까지 생각했다.

"그 사람은 언제나 다정하고 따스했지. 그가 나를 바라보면 양지바른 담에 서서 해바라기를 하고 있는 것처럼 편하고 아늑했어. 그가 내게 부어주는 사랑은 넘치지도 부족하지도 않은 딱 그만큼만으로 충분하다고 생각했지. 그 사람이 나에게 등을 돌릴 줄은 꿈에서도 생각해보지 않았어." 미라는 그 남자와 함께 있었을 때 행복했다. 마음이 돌아선 애인을 회상하며 미라는 고통을 이기지 못해 밤새 벽에 대고 제 머리를 짓찧었다던가.

미라의 젊은 시절을 돌아보면 어떤 것이던 그와 함께 한 기억뿐이었다. 어디를 가도 그 사람의 체취가 남아 있었다. 거리에도 찻집에도, 둘이서 자주 가던 음식점에도, 뒷골목의 허름한 여관 간판에도 그의 흔적은 얼룩처럼 묻어 있었다. 어디를 가도 마주치게 되는 지문처럼 짙게 배인 그것들을 지우는 데에는 오랜 시간이 필요했다.

함께 했던 기억과 추억들이 짙은 문신처럼 고스란히 남아 있을 때 미라는 애인의 결혼 소식을 들었다. 그녀는 두 눈으로 확인해보고 싶었다고 했다. 오랫동안 미라의 남자였던 그 사람이 다른 여자의 손을 잡고 주례 앞으로 걸어갔다. 미라가 까치발을 뜨고 애인을 바라보는 순간 두 사람의 눈이 서로 마주쳤다. 남자는 당황한 눈길을 어디에 둘지 몰라 허둥거렸지만 미라는 오히려 담담해지더라고 했다. 미라는 그때 스스로도 예상하지 못했던 감정에 사로잡혔다. 저 남자를 십 년 동안이나 사랑했다니, 남의 일처럼 믿어지지 않았다고 했다. 미라는 저 정도의 남자 때문에 울고 괴로워하고 비틀거렸다는 것이 어이없었다는 말도 덧붙였다. 그러고 보면 죽도록 사랑한다는 말 따위야말로 얼마나 공허한 감상일까 싶었다.

미라는 삼십 대 후반의 나이지만 아직 대학생이라 해도 믿을 만큼 앳된 얼굴이다. 살집이 없는 단단한 몸매와 갈색으로 염색한 긴 머리 덕에 그녀의 나이를 가늠하기 어렵다. 그러나 미라는 그런 외형적인 조건들에 별다른 의미를 두지 않는 것 같았다.

"결혼 같은 건 뭐 하러 해. 처음엔 상대를 위해 죽어줄 수도 있다고 떠들지만 금방 등을 돌리는데. 멀쩡하게 잘 사는 것처럼 보이는 친구들도 알고 보면 속으로 곪고 있는 경우가 허다하잖아. 그렇게 보면 너는 참 대단해. 영우 씨하고 헤어지지 않는 걸 보면. 아닌 말로 너희 둘이 어디 결혼식을 했니, 혼인 신고를 했니. 그렇다고 아이가 있는 것도 아니고. 나이 차는 또 어쩌구. 나 같으면 벌써 달아났을 거야."

미라의 말을 귓등으로 흘리며 나는 잊고 있었던 엄마를 생각했다. 결코 엄마처럼 살지 않겠다고 독을 퍼부었지만 지금의 내가 엄마보다 나은 걸까 의문스러웠다.

"미친년."

영우와 함께 살기 위해 짐을 꾸리는 나를 보고 엄마는 대뜸 미친년이라고 했다. 말리기에는 내가 너무 완강하다고 느낀 것인지 체념한 얼굴이었다.

"미친년, 제 손으로 눈을 찌르고 있으니 금방 장님이 될 테지. 앞이 안 보이고 나서 아무리 깨달아봐야 무슨 소용이 있어 눈이 안 보이는 데." 땅이 꺼지게 한숨을 쉬며 엄마는 똑같은 말만 되풀이했다.

지금도 엄마는 마루에 앉아 누군가를 기다리는 일로 하루를 보낼까. 내가 기억하고 있는 엄마는 언제나 길게 목을 빼고 대문을 바라보고 있었다. 결혼한 지 일 년이 못 돼서 아버지는 다른 여자와 딴살림을 차렸다. 살아 있는 동안 아버지는 가족들에게 물질적인 풍요는 주었지만 어머니를 돌아보지 않았다. 언젠가 엄마는 그래도 너를 얻었으니 죽도록 억울하지는 않다는 말을 했다.

집에 오지 않는 아버지를 기다리며 엄마는 늘 기도를 했다. 그런 엄마를 비웃기라도 하듯 아버지는 엄마의 기다림을 번번이 배반했다. 어쩌다 아버지가 집에 오기라도 하면 엄마는 마치 귀한 손님을 맞이하듯 부지런히 부엌을 들락거렸다. 아버지가 좋아하는 갈치조림을 하고 오이소박이를 만들고 갖은 과일을 사다 놓았다. 그러나 아버지가 그 음식들을 먹고 간 적은 거의 없었다. 철없던 나는 아버지가 가버린 사실은 별 문제가 아니었다. 그보다는 맛있는 음식이 생긴 일이 더 신이 났다. 엄마는 그때 왜 그렇게 했을까. 자신을 거들떠보지도 않는 아버지를 진정으로 사랑했을까. 아니면 어쩔 수 없는 운명으로 받아들이고 굴복했던 걸까. 아버지가 돌아가시고 가끔씩 숨죽인 엄마의 울음소리를 들었다. 그 때 나는 엄마의 울음을 이해할 수 없었다. 그럼 나는 왜 영우를 떠나지 못하는 걸까, 아니 떠나지 않고 있는 것일까. 나는 숨은 그림 찾기를 하듯 나에게 물어본다. 영우를 사랑해서, 혹은 엄마처럼 거역할 수 없는 운명이라고 체념해서인가.

송년회와 신년회로 거리가 온통 팥죽처럼 끓어넘치던 어느 날이었다. 나는 직장 동료들과의 늦은 회식을 마치고 집으로 돌아가던 중이었다. 집에 거의 다 왔을 무렵, 어디선가 웅얼거리는 소리가 내 발목을 붙잡았다. 바로 집 옆의 공원 화장실 앞에 엉망으로 취한 사내가 쓰러져 있었다.

그때 내가 다른 사람들처럼 그냥 지나쳤더라면 우리는 영원히 모르는 사람들이었겠지. 그런데 나는 그렇지 못했다. 보통 사람들은 이런 경우를 운명이라고 한다던가. 그의 앞을 지나쳐 몇 걸음이나 떼었을 순간 알 수 없는 힘이 나를 이끌었다. 되돌아가서 "괜찮으세요?" 하고 물었고, 동시에 영우가 무너지듯 내 가슴에 얼굴을 묻었다.

"아내는 아이를 낳다가 죽었어. 병원에서는 아이를 낳는 건 위험하다고 말렸지만 아무도 그 고집을 꺾을 수 없었어. 아내는 단호하게 말했지 죽어도 아이를 낳겠다고. 지금 생각하면 내가 이기적이다 못해 비겁했던 거야. 무슨 수를 써서라도 말렸어야 했는데 그러지 못했어. 정말이지 죽을 줄은 몰랐어.

아내와 아이가 죽어 가는 것을 지켜보면서 나는 생각했지. 오래전

184

내가 예감했던 대로 단죄를 받는 것이라고. 결국 아이와 아내는 내가 죽인 셈이지. 내가 받아야 할 죗값을 두 사람이 대신 치렀으니까. 아니야, 꼭 그런 것만은 아니야. 죽은 사람은 고통을 느끼지 못해. 신이 나를 살려 놓은 건 두고두고 고통을 당하라는 뜻이었어."

연극배우의 독백처럼 토해 내고 있는 영우의 말을 들으며 나도 모르게 그의 마른 손을 꼭 쥐었다.

대학을 졸업하던 해에 소위로 임관한 영우는 이듬해 5월, 광주에 갔다. 국민의 군대가 시민을 향해서 총부리를 들이대고 자동 소총을 무차별 난사하는 그 현장. 시민들로 가득 찼던 거리에는 순식간에 선혈이 낭자하게 뿌려지고 죽은 이들의 원한 어린 혼령과 부상자들의 신음소리가 망령처럼 떠다녔다. 팬티가 벗겨진 채로 피범벅이 되어 있는 시체를 보며 영우는 먼 훗날 자신이 받아야 될 형벌을 예감하듯 두려움에 떨었다. 영우가 예감했던 대로 그날의 홍매화 빛 피의 기억은 평생 동안 그를 따라 다녔다.

복무 기간 2년을 채우고 바깥으로 나왔을 때 세상은 그를 받아주지 않았다. 그보다는 자신이 세상의 빛 속으로 들어갈 용기가 나지 않았다. 영우는 아주 오랫동안 피의 기억 속에 갇힌 채로 아무것도 하지 못했다. 가족들의 강요에 의해 늦은 결혼을 했지만 예정된 수순처럼 얼마 가지 않아 끝나버렸다. 아이만이 영우의 마음을 붙잡을 수 있다고 믿었던 아내는 무리하게 아이를 낳다 숨을 거두었다.

그날 밤 영우에게 나를 열어 주었다. 영우를 안았던 이유를 묻는다면 명쾌하게 대답할 수 없다. 처음 보는 여자의 가슴팍을 사정없이 파고드는 그에게서 죽음을 보았다고 한다면 너무 추상적인 대답일지 모르겠다. 그러나 그 순간의 나에게 영우를 거역할 용기는 없었다.

매화가 피었으니 관람객이 많을 것이라는 예상은 빗나갔다. 주차장은 거의 비어 있었다. 봄이라고는 해도 잔디는 누런빛 그대로였고 아직은 앙상한 나뭇가지들이 뒤엉켜 있는 숲도 어딘지 모르게 적막해 보였다. 주차장을 담처럼 빙 둘러싸고 있는 대나무 사이로 쏴르르 하는 바람소리가 들려왔다.

집에서 나올 때는 날씨가 맑았는데 하늘이 찌뿌둥하게 내려앉아 있었다. 하필 이런 날에 꽃을 보러 오자니, 미라의 즉흥적인 행동이 엉뚱하다 싶었다. 매운바람 탓에 얼굴이 얼음을 댄 것처럼 따끔거렸다. 나는 카디건 단추를 꼭꼭 채웠다. 미라도 트렌치코트 깃을 양쪽으로 바짝 세웠다. 모처럼 노부모를 모시고 나온 듯한 중년의 부부가 허리가 굽은 할머니를 부축하고 걸어갔다. 관광버스가 친목계의 모임에서 왔음직한 한 무더기의 단체 손님을 풀어 놓았다. 다른 지방에서 왔는지 자기들끼리 떠들고 고함지르는 말씨가 낯설었다.

미라와 나는 천천히 절 마당으로 걸어 들어갔다. 다리를 지나다 보니 물이 많이 불어 있었다. 나는 가만히 물속을 들여다보았다. 맑은 물 너머 바위 위에 돋아난 이끼가 유난히 시퍼랬다. 발아하는 씨앗처럼 새파란 이끼에서 강한 생명력이 느껴졌다. 언젠가 여름에 영우와 같이 이곳에 왔다가 갑자기 내린 소나기를 만났다. 점심을 먹기 위해 막 도시락을 펼치는데 비가 쏟아져서 결국 차 안에서 식사를 했다. 생각해보니 벌써 까마득한 옛일이었다. 그러고 보니 그날 이후로 영우와 내가 함께 외출한 기억이 없다. 종무소 옆의 건물을 개축하는 공사가 한창이었다. 쇠파이프와 나무판자를 걸쳐 놓은 곳에 인부가 아슬아슬하게 서서 벽돌을 쌓고 있었다. 공사를 하고 있는 건물 위에 붙은 플래카드에 '식당증축'이라고 씌어 있었다. 늘어나는 신도들을 수용하기 위해 공양간을 확장하는 모양이었다.

대웅전을 돌자 바로 눈앞에 홍매화 한 그루가 길을 막듯 서 있었다. 밑둥치 군데군데에 곰팡이처럼 파랗게 이끼가 끼어 있는 것이 한눈에도 오래된 나무임을 알 수 있었다. 나무는 플로어를 돌던 무희가 터닝을 하듯 중간 부분에서 살짝 틀어져 있었다. 그 위에 여러 개의 잔가지가 붙어 있고 가지 끝에 꽃송이들이 매달려 있었다. 꽃은 만개해 있었다. 매화나무 바로 옆에 쌍둥이처럼 사과나무가 키를 맞대고 서 있었다.

"어머 정말 매화가 피었네."

미라가 옆에서 소리를 질렀다. 팔짱을 끼고 앞서 가던 어린 연인들이 걸음을 멈추고 돌아다봤다.

"정말 멋져."

미라가 두 손을 높이 쳐들고 다시 감탄사를 연발했다. 그리고는 흠흠 코를 벌름거리며 향기를 맡았다. 바람을 타고 날리는 분가루 같은 꽃잎에서 은은하게 향기가 났다. 야하지도 진하지도 않은 다만 은은한 냄새였다. 암울한 회색 하늘을 배경으로 꽃은 흐드러지게 피어 있었다. 나는 가만히 나무에 손을 대고 올려다보았다. 몸부림치듯 가지가 약간 흔들 했다. 그 순간이었다. 죽음의 정령처럼 홍매화 나무에서 핏빛 울음소리가 들려오는 듯 했다. 가지마다 가득 달려 있는 꽃송이들이 누군가의 몸에서 뚝뚝 흐르는 선혈 같기도 했다. "아", 내 입에서 기어이 신음이 터져 나왔다.

영우도 그때 홍매화를 보았다고 했다. 사방에서 연기가 치솟고 비명이 터지고 사람들이 정신없이 휘돌아 치던 그 광장. 시가지를 약간 벗어난 골목의 후미진 모퉁이에서 그 꽃을 보았다. 공중에는 헬기들이 숨바꼭질을 하듯 유유히 선회하고 있었고 여기저기에서 콩자루를 쏟아 붓는 듯한 총소리가 들렸다. 어깨에 메고 있는 M16 소총이 영우가 지탱하기에는 버거울 정도로 무겁게 느껴졌다. 피곤했다. 연일 계속된 진압으로 인해 몸은 길바닥에라도 드러눕고 싶을 정도로 지쳐 있었다. 세수를 하지 못한 더러운 얼굴에 두 눈만이 살기를 띠고 벌겋게 반짝거렸다. 쫓기는 자와 쫓는 자가 누구인지 구별할 수 없이 한데 뒤엉켜 뒹굴었다. 혐오와 괴리감의 사이를 오가며 떠밀려 가던 영우는 어느 순간 자신을 조여 오는 살기를 느꼈다. 아니었다. 그것은 영우 자신의 몸에서 뿜어져 나오는 걷잡을 수 없는 광기이기도 했다. 오장육부를 쏟아낼 듯 가슴은 헐떡거렸고 온 몸에선 땀이 비오듯 쏟아졌고, 머릿속에서 윙하는 금속성 파열음이 연이어 터져 나왔다. 그리고 그는 본능적으로 몸을 낮추었다. 저쪽 골목길 쓰레기더미 너머에서 시커먼 총구가 자신의 심장을 겨누고 있었다. 피할 길 없는 막다른 길이라는 생각이 들자 영우는 두 눈을 꽉 감았다. 감고 있는 눈앞에 시커먼 터널이 끝없이 이어졌고 영원히 빠져 나갈 수 없을 거라는 절망감이 전신을 휩쌌다. 그 순간이었다. 스스로도 의식하지 못할 만큼 빠른 속도로 자신을 노리고 있는 총구를 향해 영우가 힘껏 방아쇠를 당겼다. 탕 하는 굉음에 이어 대여섯 발의 총알이 허공을 가르며 튀어나갔다. 그러나 영우의 귀에는 아무 소리도 들리지 않았다. 어떤 감정도 무게도 느껴지지 않는 무중력의 공간에서 떠돌고 있는 기분이었다. 영우의 손을 빠져나간 총알이 아이의 가슴을 관통하고, 흘러내린 피가 네모난 보도블록을 물들이며 영우의 발을 적신 후까지도.

영우는 자주 그날 일을 두고 이렇게 말했다. "정말 그랬어. 그 애가 나를 향해 총을 겨누고 있었어. 그런데 이상하지 정신을 차리고 보니까 열댓 살이나 먹었을까 하는 그 애가 들고 있었던 것은 총이 아니라 화분이었어. 그것도 만개한 홍매화가 피어 있는……. 아이의 손에서 떨어져 나간 화분은 흙이 쏟아져버려 속이 훤히 보였어. 그 속에 구부러진 나무 뿌리가 보였는데 꼭 아이가 웅크리고 있는 모습 같았어. 생각해봐. 아이가 피를 흘리며 화분 속에 몸을 웅크리고 있는 모습 말이야."

영우가 방아쇠를 당겼던 손가락을 펼쳐 보였지만 내 눈에 비친 영우의 손은 아이를 죽이기에는 너무 나약해 보였다. 강산이 몇 번이나 변하는 세월이 흐른 지금에 와서 영우가 왜 그때 보았던 매화를 들먹이느냐는 것은 중요하지 않았다. 그보다는 사온 화분이 그때 아이가 들고 있던 것이라고 우기는 데는 기가 막히고 할 말이 없었다. 그러나 영우는 그렇게 믿고 있는 것 같았다.

나는 물끄러미 땅바닥을 내려다보았다. 홍매화의 붉은 꽃잎들이 사찰 마당을 덮고 있었다. 동굴 속을 빠져나온 것처럼 귀가 먹먹했다. 경내를 거니는 사람들이나 산사(山寺)의 풍경들이 마치 무성영화 속에서처럼 소리 없이 움직이고 있었다. 밀폐된 유리벽 속을 들여다보고 있는 것 같기도 했다. 그 유리벽 안에는 영우와 어린아이와 선홍빛 피가 마구잡이로 뒤엉켜 있었다. 나는 손을 들어 이마를 짚었다.

"어머, 머리 아프니?"

현기증을 이기지 못해 휘청하는 순간 언제 보았는지 미라가 달려와서 팔을 부축했다.

"괜찮아. 잠깐 머리가 어지러웠을 뿐이야."

"안 되겠다. 저기 찻집에 가서 잠시 쉬었다 가야겠어."

괜찮다고 했지만 미라는 나를 이끌고 찻집으로 들어갔다. 우리는 나란히 난로 옆에 앉았다. 주인이 알맞게 자른 장작을 난로 안에 넣었다. 뚜껑을 열자 빨간 불길이 확 솟았다. 솟아오른 불길을 타고 가슴을 찢는 목소리가 울렸다. 판소리 춘향가였다. 서울로 떠나는 이 도령

앞에서 춘향이 창자가 끊어지는 목소리로 애통해하고 있었다.

"요즘에도 사랑하는 사람과 헤어졌다고 저렇게 슬퍼할 이가 있을까."

"요즘 얘기가 아니잖아."

대추차를 시키고 나서 미라가 희미하게 웃으며 말했다. 아마 자신의 이별을 생각하고 하는 말 같았다. 문득 영우와의 헤어짐을 상상해 보았다. 내가 그를 버리면 영우는 어떤 삶을 살게 될까? 아닐 수도 있다. 내가 그를 받아들였다고 생각하지만 영우는 그 반대일수도 있을 것이다. 그는 매번 떠나려 하고 나는 그를 붙잡느라 애를 썼다.

"글쎄. 요즘이라고 다 쉽게 헤어지지는 않겠지. 사람마다 헤어지는 이유나 사정이 다를 테니까."

대답을 하며 나는 출입구 옆에 걸려 있는 족자를 보았다. 흰 광목천에 붓으로 쓴 글이었다.

— 마음은 바람과 같아 붙잡을 수도 없으며 모양도 보이지 않는다. 마음은 흐르는 강물과 같아 멈추지 않고 거품은 이내 사라진다.

나는 고개를 끄덕끄덕했다. 왠지 족자의 글귀를 다 이해할 것 같은 기분이었다.

"처음엔 나도 견딜 수 없었지. 금방이라도 숨이 넘어갈 것 같았으니까. 그런데 얼마 지나지 않아 마음이 편해졌어. 내가 생각해도 이상할 정도로. 결국 그가 나를 떠날 때 내 마음도 그를 떠났다는 걸 알았어. 아니야 어쩜 우리가 사랑이라고 믿고 있었던 것도 한낱 허상에 불과한 것이었는지도 모르지."

미라가 청잣빛 찻잔을 들어 한 모금 마시고 나서 말했다. 그녀의 말 때문이었을까. 미라의 표정이 처연해 보였다.

"헤어지고 나서 생각해보니 그 사람에 대해서 내가 너무 모르고 있었다는 것이었어. 내가 알고 있는 것이라고는 기껏 그의 이름과 나이 정도였으니까. 우습지 않아? 두 번이나 아이가 생겼는데 말이야."

담담하던 미라의 목소리가 조금 떨렸다. 감정을 진정시키려는지 연거푸 찻잔을 들어 입으로 가져갔다. 아무리 잊었다고 했지만 아이를 포기한 일만은 미라에게 영원히 씻지 못할 상처로 남을 것이다. 미라가 그 남자와 사귀는 십 년 동안을 나는 곁에서 지켜보았다. 설악산의 여름 수련회에서 미라에게 사랑한다고 고백했다는 그 남자가 나는 마음에 들지 않았다. 우울하고 나약해 보이는 그 남자의 인상이 미라를 불행하게 만들 것 같은 예감 때문이었다. 하지만 비껴가기를 바랐던 내 예감은 적중하고 말았다.

다시 한 번 생각해보라고 충고했지만 미라는 그때 이미 사랑에 빠져 있었다. 우습게도 영우를 알게 되었다고 했을 때 미라는 내가 그녀에게 했던 말과 같은 말을 했다. "지금 그만두면 안 돼?"라고. 그때 내가 뭐라고 대답했던가. 내가 감히 영우를 건져주겠다는 가당찮은 말을 했던 것 같다. 영우도 아직 내가 했던 말을 기억하고 있을까.

사위가 어둑해질 무렵에야 집에 도착했다. 미라는 마음이 놓이지 않는지 나를 방에까지 데려다주고 갔다. 영우가 올지 모른다는 생각에 맡겨 두었던 열쇠는 그대로 있었다. 경비가 전해주는 열쇠는 눈 속에 두었던 것처럼 차가웠다. 집안 어디에도 그가 돌아온 흔적은 없었다. 마루를 지날 때 쌓인 먼지에서 서걱거리는 소리가 나는 것 같았다. 옷을 갈아입고 욕실로 갔다. 화분은 아침에 놓여졌던 그대로 있었다. 시들어진 모습이 방금 누군가에게 야단을 맞고 울고 있는 것처럼 애잔해 보였다. 목이 빠지게 갈증을 호소해도 모른 척하고 있는 나에게 항의를 하고 있는 것 같기도 했다.

영우는 지금 어디쯤 오고 있을까. 과연 이번에도 어김없이 돌아오기는 할까. 영우가 며칠씩 말도 없이 집을 비울 때마다 나는 그가 영원히 돌아오지 않을까봐 목을 빼고 조바심을 냈다. 두려움과 초조함으로 밤을 새며 그가 올 날을 손꼽아 헤아렸다. 그러나 어느 순간 깨달음처럼 그를 기다리지 말아야 한다는 생각이 들었다. 집을 나간 그는 돌아왔지만 매번 다시 뛰쳐나갔다. 영우의 가출이 횟수를 더해 가는 동안에 그와 나 사이에는 건너기 어려운 넓은 강이 생기는 기분이었다. 영우가 다시 돌아오는 순간부터 우리는 또다시 둘만의 감옥에 갇혀 허우적댈 것이 틀림없었다. 화분을 끌어당기자 바짝 마른 이파리 하나가 성급하게 똑 떨어졌다. 이대로 말라버린다면 홍매화는 꽃을 피우지 못하겠지. 꽃을 피우지 못한 홍매화의 수명이 다하면 영우는 어떤 반응을 할까?

나는 화분에 뿌리기 위해 채워 놓은 물뿌리개 속의 물을 남김없이 쏟아버렸다.

거절하는 여자들

전성욱(문학평론가)

1

요시모토 타카아키(吉本隆明)라는 비평가가 쓴 어떤 글을 읽다가 좋은 소설이 무엇인가를 논하는 대목에 눈길이 멈추어 오래 생각해 본적이 있다. 그는 전후 최고의 리버럴 지식인답게 이것 아니면 저것이라든가, 좋은 것이 아니면 나쁜 것이라는 식의 성마른 이분법에 거리를 두면서 세상 이치의 복잡함에 대한 숙고를 요청한다. 좋은 소설이나 나쁜 소설이 애초에 따로 나뉘어 있지 않다는 것 정도는 그 역시 모를 리가 없는 사람이다. 그럼에도 굳이 좋은 소설이란 어떠한 것이냐를 따져보는 것은, 그렇게 좋고 나쁨이 어떤 권위적인 기준에 따라 갈리는 것이 아니라 독자들의 사려 깊은 그 따짐을 통해서만 비로소 헤아릴 수 있다는 것을 알리려는 이유였으리라. 그는 독자에게 그 소설이 오직 자기만 알 수 있는 것이라고 생각하게 만드는 작가가 일급의 작가라고 했다. 그러니까 요시모토에게 좋은 소설은 나밖에 모르거나 우리 세대밖에 모르는 어떤 것을 읽었다고 생각하게 만드는 소설이다. 그것을 굳이 개념적인 언술로 표현한다면 '보편적인 고유성' 내지는 '고유한 보편성'이라고 명명할 수 있지 않을까. 특이하지만 공통되고 보편적이지만 고유한 것의 공감각을 소통하는 것. 자기 경험의 고유성을 인간 보편의 인식론적 지평 속에서 저마다의 개인들에게 각별하게 파고들게 만드는 것. 물론 이 또한 좋고 나쁨을 가르는 완고한 규범이 될 수 없는 일개의 견해일 따름이지만, 나는 여기에서 좋은 작가가 가져야 할 덕목의 하나로서 자기 경험의 충실성과 그것을 진부하게 드러내지 않으려는 미학적 의욕의 강렬함에 대하여 생각하게 되는 것이다.

김현의 소설은 무엇보다 경험에 충실한 소설이다. 그리고 그 충실함이란 작가로서의 성실함과 단단하게 연계되어 있다. 혹시나 있을 오해에 대비해 미리 밝히건대, 경험의 충실성이란 그 소설이 자기가 겪은 일들을 일차원적인 소재로 풀어내고 있다는 것을 가리키지 않는다. 김현의 소설은 무엇보다 여성으로 살아온 작가의 자기 경험이 그 고유한 젠더 감각으로 농밀하게 담겨있다. 다시 말해 김현 소설에서 특기할 만한 경험의 충실성이란 이야기의 소재나 내용이 아니라 그 속에 녹아있는 정념의 강밀도를 가리킨다. 내가 읽은 김현의 소설에서 진하게 느껴졌던 것은 여자로서, 혹은 여자라서 견뎌내야만 하는 것들의 부당함에 대한 절실한 호소 같은 것이었다. 나와 같이 남성 이

성애자의 젠더 정체성에 조금의 의심도 없이 살아온 나태한 사람들에게 그 호소는 일종의 채찍질과 같은 통각으로 전해진다. 단편 하나하나가 그렇다는 것은 아니다. 그 일곱 편이 하나의 작품집으로 묶였을 때 그 호소는 비로소 뼈아픈 채찍질로 나의 나태를 아프게 일깨운다. 그런 무방비적인 나태 속에서 부당하고 비열한 악들은 나대지의 잡풀처럼 쉽게 번성한다. 프루스트의 『잃어버린 시간을 찾아서』에 나오는 그 유명한 마들렌 장면을 두고 대부분의 비평가들이 기억에 대한 진부한 논설을 펼치고 있을 때, 들뢰즈는 그것을 일컬어 '사유를 촉발하는 폭력으로서의 기호'라고 하지 않았던가. 좋은 소설에서는 그처럼 우리들의 나태한 수동성을 일깨우고 드디어 사유를 개시하게 만드는 기호를 발견할 수 있다. 김현의 소설에서 듣게 되는 그 채찍질로서의 호소가 우리들의 나태를 때리는 기호라고 한다면, 그 소설의 절박한 호소에 귀 기울이기 위해서라도 김현 소설의 기호론을 탐색하는 작업은 반드시 필요한 일이라고 해야 할 것이다.

2

여기에 엮인 일곱 편의 단편들은 다채로운 각각의 차이 속에서 하나의 지속적인 반복으로 집요하다. 저마다의 사연 속에서도 삶을 옥죄는 폭력적인 그 무엇들과 그것에서 벗어나기를 바라는 여자들의 강력한 생의 의지는 같은 곡조의 색다른 변주처럼 단절 없이 반복된다. 이름도 나이도 성격도 때로는 국적도 다르지만 그 모두가 여자라는 존재 혹은 정체성, 그리고 그 모두가 힘겨운 삶을 버텨왔다는 것에서는 하나다. 여성에 대한 차별과 억압은 인간의 역사에서 얼마나 오랜 연원을 가지고 있는가. 인종과 계급의 차이가 폭력적인 차별의 현실로 전개되어온 역사가 그러하듯이, 젠더 정체성의 차이가 야만적인 차별로 이어지는 우악스런 현실의 시간은 지금 이 순간에도 영원처럼 흐른다. 그렇게 영원한 저주 속에서 살고 있는 여자들을 그리는 소설 또한 숱한 작가들에 의해 중단 없이 쓰이고 있다. 비가시적인 것의 가시화, 저 아래로 억눌리어 은폐되어 있던 것들을 대중들의 시야로 개방하는 것만으로도 유의미한 해방의 기획으로 받아들여지기도 했다. 타자니 마이너리티니 하는 이름으로 그들의 억압된 실존을 간단하게 포착하는 언설들이 정치적인 것으로 환호받기도 했다. 그리고 이제는 그런 계몽과 해방의 열정을 넘어 여성적인 것에 내재하는 잠재적인 역량의 실재화를 노리는 다각적인 모색들이 발랄하게 역동하는 시대를 맞이하고 있다. 김현의 소설은 바로 그 장구한 전통 속에 자리 잡고 있다. 장구한 전통이라는 보편성의 지반 위에서 김현이라는 작가가 살아온 고유한 삶의 경로가 그려내는 소설적 특이성의 축. 그렇게 보편적인 것과 특이한 것, 문학사의 시간과 작가 고유의 시간이 씨줄과 날줄이 되어 직조된 것이 바로 김현의 소설이다.

젠더 정체성이 주조되는 가족이라는 주체성의 공장은 모든 사악함의 단초가 되는 비열한 편견과 사유의 고착이 형성되는 위험한 장소

이기도 하다. 다시 말해 가족은 폭력의 기원이자 악의 근원지이다. 여기에서 굳이 정서적 안식과 위로의 장이자 경제적 재생산의 기초단위로서 가족의 문화인류학적 의미에 대한 구구한 논설은 생략하기로 한다. 다만 상징계의 질서를 부여받음으로써 가족의 일원이자 사회적인 존재로 재구성되는 주체성의 구성 메커니즘을 밝힌 정신분석학은 근대적 예술의 유력한 동반자였음을 기억해 두자. 회화나 문학은 말할 것도 없고, 데이비드 크로넨버그의 〈폭력의 역사〉나 미카엘 하네케의 〈하얀 리본〉과 같은 영화를 보아도 그렇게 증상의 기원으로서 가족을 정신분석한 사례들은 얼마나 수다한 것인가. 「불안의 정석」이 예리하게 응시하고 있는 것이 바로 그 폭력적인 증상의 기원으로서의 가족이다. 남자를 질리게 만드는 여자의 그 징글징글한 집착은 어디에서부터 비롯된 것인가. 그 집착의 위험성은 남자를 질리게 만드는 데에 있다기보다는 오히려 그것이 자기 파괴로 나아가는 자멸적인 성질의 것이라는 데에 있다. 좀 길지만 여자의 증상과 심리적 방어기제를 가늠할 수 있는 한 대목을 적어본다. "일찍부터 혼자 살아왔던 탓에 나는 누구하고든 헤어지는 것이 가장 힘들고 고통스러웠다. 고통을 겪고 싶지 않아 직장의 동료나 몇 명 되지 않는 어릴 적의 친구들 외에는 되도록 타인과의 관계를 맺지 않았다. (중략) 지독히 추운 겨울 저녁 같은 때, 아무도 기다리지 않는 썰렁한 집에 들어설 때의 섬뜩함은 무서울 정도로 싫었다. 그런 날에는 이불을 뒤집어쓰고 소주를 마셨다. 빈속에 마신 술은 내장을 훑어 긁어 내릴 것처럼 극성을 떨었다.

먹은 것을 타 토해 내고 누런 위액조차 나오지 않게 되면 위장이 텅 비고 공허해지며 편안해졌다."(117면) 한마디로 여자의 심리를 위태롭게 만드는 가장 큰 위협은 혼자 남게 된다는 외로움에 대한 공포와 두려움이다. 그렇게 혼자라는 불안이 여자의 영혼을 잠식한다. 관계의 결렬에 대한 두려움이 새로운 관계를 가로막고, 결국은 타인이 아니라 자기의 그 두려움이 스스로를 고립시키는 원인이 된다. 그리고 그 자멸적인 고립 속에서 겨우 연명할 수 있게 해주는 것이 술이다. 혼자가 되기 싫다는 두려움이 타인과의 관계를 불능으로 만들고, 다시 그 불능이 가져온 고립이 음주에 기댈 수밖에 없는 자포자기적인 상황으로 이어지는 악순환. 이 악순환의 덫에서 반려견 유리는 술을 대체할 수 있는 그 무엇이었다. 마침내 남자가 자기에게로 왔을 때 여자는 유리마저도 보내고 이제는 그 악순환의 끝장을 보고 싶었을 것이다. 그러나 극심한 불안을 조장하는 여자의 근원적인 결핍은 그 어떤 것으로도 대체되거나 메워질 수 없는 내상 깊은 공허감으로 그녀의 실존을 장악하고 있다. 처음부터 무엇인가를 대체하는 상대로 남자를 받아들였던 사랑이 행복하게 이루어지기는 힘든 것이었다. "그는 아버지와는 다른, 비루하거나 기우뚱거리지 않는 넓고 단단한 등을 가졌다. 나는 그 등에 기대거나 안기고 싶은 욕망으로 숨이 차올랐다."(120면) 여기에서 여자의 근원적 결핍, 그 원초적인 공허의 자리가 명백해진다. 아버지에 대한 오이디푸스적인 심리가 여자를 붙들고 있는 마력의 정체였던 것. 아버지의 폭력에 무참하게 당하던 엄마가 집을 떠나버린 유년의 경험이 여자에게 혼자 남게 되는 것의 불안을 야기했다고 읽는다면 그것은 너무 일차원적인 독법이다. "철이 들기도 전부터 나는 늘 엄마가 어디론가 가버릴지도 모른다는 두려움에 마음을 졸여야 했다. 갈수록 심해지는 아버지의 매질에 엄마가 언제까지 버티는지 나는 혼자서 내기를 했다. 엄마가 내 곁에 있으려면 아버지가 없어져야 한다는 생각이 들 땐 누군가에게 내 마음을 들키게 될까봐 두려움에 떨었다. 엄마가 사라진 날은 차라리 마음이 놓였다. 이제 더 이상 엄마가 나를 버리고 가버릴지도 모른다는 불안감에 시달리지 않아도 될 것 같아서였다."(131-132면) 꿈이 그러하듯이 무의식의 욕망은 응축과 치환을 통해 본래의 그것을 위장하거나 거꾸로 뒤집는다. 아버지의 매질 때문에 엄마가 떠나갈 것이라는 두려움을 말하고 있지만, 기실 그것은 아버지를 독점하고 싶은 욕망에 엄마가 떠나버리기를 소망하는 속마음의 위장에 지나지 않는다. 그러므로 그녀에게 남자는 떠나버린 엄마의 빈자리를 채우는 것이 아니라 실패한 아버지와의 관계를 대신하는 은유적인 대상이다. "너무 일찍 내 곁을 떠난 부모님 사진 다음 갈피에 그와 함께 찍은 사진이 들어 있었다."(129면) 자세한 내막은 설명되어 있지 않지만 엄마가 떠난 뒤에 여자는 아버지와도 오래 함께할 수가 없었던 듯하다. 아버지를 향한 욕망은 충족되지 못했고 엄마가 떠난 뒤의 안심은 오래가지 못했다. 오이디푸스적 욕망의 실패를 남자와의 사랑을 통해 대체하려 한 여자의 심리적 방어기제 역시 남자가 떠나버림으로써 실패하고 말았을 때 남은 것은 무엇인가. 소설은 모호함 속에서도 여자의 죽음을 암시함으로써 어떤 출구를 제시하고 있다. "출발하기 전날 집안을 둘러보는데 느닷없이 내가 다시 이 집에 돌아올까 하는 생각이 들었다. 막막하고 허전하고, 그러면서도 시원한 느낌."(129면) 다시 귀환하지 못할 수도 있다는 생각에는 단호한 결의가 담겨있다. 이 단편을 일종의 여행서사로 읽는다면 그 여행의 의미는 재생과 부활로 읽을 수 있겠다. 여자의 여행지가 남자가 근무하고 있는 곳의 인근이라는 점에서 그녀의 마음은 모호하고 복잡하지만 현실적이다. 그럼에도 여자는 그 미련 가득한 여정의 끝에서 마침내 결단을 내린다. "이러다 죽을 수도 있겠다는 생각이 들었지만 천의 팔에 갇혔던 조금 전과는 달리 지금의 상황이 두렵지 않았다. 순간 내 몸 어디에선가 투둑, 밧줄이 끊어지는 소리가 났다."(141면) 여자의 여행은 과거의 자기를 죽이고 새로운 자기로 태어나기 위한 상징적인 죽음과 부활의 기획이었으리라. 채우려고 든다고 채워질 수 없는 결핍이라면, 오직 방법은 그 결핍과 함께 살아가기로 결단함으로써만 욕망에 허덕이는 탕진과 소진의 악순환에서 벗어날 수가 있다. 여자는 가이드 천의 구애를 끝내 받아들이지 않았다. 그것은 혼자되기가 두려워서 타인을 받아들이지 못하는 방어적이고 피동적인 거부가 아니다. 로맨스로 대신할 수 없는 여자의 삶, 가이드 천의 구애를 거부한다는 것은 떠난 남자를 떠나보내는 동시에 애도하지 못했던 아버지의 존재를 애도하는 용감한 결단이었다. 그것은 진정으로 홀로 견뎌내는 삶을 살겠노라는 의지의 선언이었던 것이다. 그렇게 불안에 사로잡혀 살았던 여자의 죽음을 통해, 마침내 자유 속에서 행복을 누릴 수 있는 또 다른 여자가 태어나게 되지 않을까.

　김현의 소설에서 여성의 삶을 옥죄는 것은 가족이라는 이데올로기이며, 그 이데올로기를 지탱하는 것이 결혼이라는 제도이자 장치이다. 「물방울이 떨어지고 있었어」에서 여자의 불안은 누수(漏水)와 성병이라는 메타포로 드러난다. "그러고 보니 물이 샌 지는 꽤 오래 되었는지 여기 저기 페인트가 벗겨진 자리에 꺼멓게 곰팡이까지 피어 있었다."(88면) 균열의 틈새로 새어나오는 물방울은 습하고 꿉꿉하게 여자의 생활 속으로 침투해 곰팡이를 피운다. 그런 누수와 함께 삭막하고 폭력적인 결혼생활의 작은 위안이 되어 주었던 금붕어도 투명한 오렌지색에서 검은 자줏빛으로 칙칙하게 변색되어갔다. 남편이 옮긴 더러운 성병은 발작적인 가려움으로 수치와 모욕을 불러일으킨다. 긴 잠복기를 거쳐 뒤늦은 증상으로 드러난 성병처럼 남편의 포악함은 연애기간의 잠복기를 지나 결혼 석 달 만에 여자를 향한 손찌검으로 드러났다. 정리벽이 있는 남편은 근무하는 대학에서 인정받는 사람이고 섹스도 정해진 날에만 해야 하는 완고한 계획주의자이다. 여자의 삶은 누수와 금붕어의 변색으로 상징적인 데 반해 남편의 폭력은 직접적이고 구체적으로 제시되어 있다. 원치 않는 섹스를 강요하고, 출장에서 다녀온 뒤 성병을 옮기고, 아이를 원치 않는다며 폭력을 휘둘러 유산하게 만들었다. 생활비의 배가 넘는 돈을 혼자서 소비하면서도 여자에게는 인색한 남편이었다. 여자에게 그런 남편과의 생활이 이루어지는 집은 돌아가고 싶지 않은 혐오의 공간이다. "문을 열 때마다 느끼게 되는, 싫다는 감정을 넘어 진저리가 쳐지는 희수에 대한 혐오 감 때문이다. 그것들은 꼭꼭 닫아둔 쓰레기통 뚜껑을 열었을 때 흘러 나오는 악취처럼 희수가 쏟아 내는 폭력과 광기, 냉정함과 비열함. 그 리고 이해할 수 없는 몸부림들이다."(100~101면) 업자들까지 와서 누 수의 원인을 찾지만 끝내 찾을 수 없다는 것은, 그 누수가 물리적인 실재이면서도 실은 여자의 혐오감과 불안감이 만들어낸 심리적인 등 가물임을 나타낸다. 천장의 누수와 삶의 가려움은 남성중심의 부부관 계라는 질병이 보내는 일종의 증상이라고 할 수 있겠다.

5월 광주의 역사가 남긴 고통이 끝나지 않은 현재의 것이라는 것 을 환기시키는 「꿈이었을까」는 인상적인 작품이다. 대체로 5월 광주 의 참혹했던 사건을 다룬 소설들이 그 역사적 현장에 있었던 피해자, 가해자, 목격자와 같은 사건 당사자들의 시선을 통해 이야기를 풀어 내는 것과는 달리 이 단편은 그 당사자의 가족, 더 구체적으로는 가해 군인의 아내가 겪어내야 하는 것을 그리고 있다는 점에서 특징적이 다. 물론 트라우마를 겪는 당사자의 가족을 다룬 소설이 없는 것은 아 니지만, 주변인물에 대한 간접적인 묘사가 아니라 그 가족을 주인공 으로 하여 초점화한 작품은 드문 경우이다. 남편은 5월 광주의 진압 작전에 참가했던 장교였고, 거기에서 한 아이를 총으로 쏴 죽인 죄책 감과 트라우마 때문에 망상과 자기학대로 힘겨운 삶을 이어가고 있 다. 그 아이가 들고 있던 홍매화를 총으로 오인하고 발포를 했다는 죄

의식 때문에 남자는 지금까지도 그 사건의 시간에 붙들려서 놓여나지 못하고 있다. "그러나 세월이 흘러도 달라지거나 멈추기는커녕 그의 미친 듯한 포악은 점점 더해갔다. 영우가 피폐하게 망가져 가는 모습을 대책 없이 바라보고 있어야 하는 것은 나에게 엄청난 형벌이었다."(174면) 엄마와 친구의 반대를 무릅쓰고 남자를 받아들였지만 지금 여자는 그 선택을 후회하고 있다. 두 사람은 결혼도 혼인신고도 하지 않았고 아이도 없었다. 가정을 꾸린다는 것은 낭만적인 로맨스를 초과하는 일이다. 친구 미라도 한 남자와의 실패한 사랑을 아픈 기억으로 안고 있는 여자이지만, 그녀 역시 좌절과 죽음의 충동 끝에 자기를 되찾았다. "미라는 저 정도의 남자 때문에 울고 괴로워하고 비틀거렸다는 것이 어이없었다는 말도 덧붙였다. 그러고 보면 죽도록 사랑한다는 말 따위야말로 얼마나 공허한 감상일까 싶었다."(182면) 여자의 엄마는 다른 여자와 살림을 차려서 떠난 아버지를 운명처럼 받아들이고 기다리는 사람이었다. 여자와 미라와 엄마, 이 세 여성은 남자로 인해, 아니 그 남자들을 받아들였던 스스로의 선택으로 인해 고통을 감내해야 했다. 소설은 소박한 휴머니즘으로 피폐한 남자를 끌어안는 여성의 이야기로 흐르지 않는다. 역사의 과오가 희생자를 낳았고, 그 희생을 여성에게 전가하는 억척어멈의 서사는 한국의 소설사에서 결코 낯선 것이 아니다. 여자의 무거운 결심은 앞서 보았던 「불안의 정석」에서 가이드 천의 손길을 거부하는 여자의 결단과도 서로 통한다. 천의 손길을 거부했던 여자가 가족이라는 폭력의 기원으로부터 앓고 있었던 것처럼, 이 소설의 여자도 가정을 버리고 떠난 아버지에 대한 원체험에서 벗어나지 못하였다. 그러므로 그들의 결단에는 그 폭력의 기원인 가부장적 가족으로부터의 탈주에 대한 결의가 담겨 있다. 여자는 이제 집을 나가 떠돌고 있는 남자를 더 이상 기다리지 않을지도 모른다. "나는 화분에 뿌리기 위해 채워 놓은 물뿌리개 속의 물을 남김없이 쏟아버렸다."(193면) 남자의 홍매화에 물을 주지 않겠다는 결의를 통해 여자는 생명을 살리는 모성의 메타포로 환원되지 않게 된다. 그렇다면 역사의 희생자이자 가해자이기도 한 남편의 방황으로부터 애써 눈을 돌리려는 그 결단을 어떻게 보아야 할 것인가. 피폐한 남자를 끌어안는 화해와 순응의 결말이었다면 그것은 역사적 아포리아를 억지로 봉합하는 것에 불과했을 것이다. 끝내 남자를 받아들일 수 없게 된 결렬과 실패야말로 5월 광주의 역사적 상흔을 더욱 명백하게 드러내고 있는 것이 아닐까.

「너무 매운 감자」는 선택의 여지없이 억척어멈의 길로 내몰린 여자의 곤란함을 응시한 소설이다. 무능한 남편은 사업에 실패하고 가산을 탕진했으며, 가족을 책임지지 못하고 빚쟁이에 쫓겨 집을 나가버렸다. 여자는 두 아이와 함께 친정 엄마의 단칸방에 더부살이를 하면서 생계를 꾸려야 하는 형편이다. 치킨집에 일하면서 가족들의 생존을 위해 여자는 성희롱과 성추행마저 참아내고 있지만 생활은 더 나빠지기만 한다. 소설은 이 여자의 비참한 전락을 따라 전개된다. 노래방 도우미로 일하게 되었으나 외모 때문에 써 주는 업소가 없었고,

결국은 성형수술 비용을 마련하기 위해 친구의 다이아 반지를 훔치는 처지가 되고 말았다. 이 여자의 이런 전략은 어디에서 연유하는가. 남편의 무책임과 아들의 일탈이 두드러지는 가운데 빈곤함 속에서도 딸을 위해 모든 것을 내어주는 친정 엄마의 희생이 그와 대비를 이루고, 여자의 삶은 그렇게 여성 착취의 가부장적 가족 메커니즘 속에서 재생산되고 있다. 소설의 서두에 잠깐 언급된 인물이지만, 남편과 사별한 뒤에 홀로 자식을 키우다가 위암에 걸려버린 경애 엄마의 사연도 그저 단순한 삽화만은 아닐 것이다. 이 사회에서 여성이 가족을 책임진다는 것의 의미는 남성 가장의 그것과는 또 다른 차원에 놓여 있다. 가족의 경제가 가사와 직장 노동을 통해 지탱되는 것이라면, 가족이라는 제도는 그 노동을 둘러싸고 남성과 여성의 권력을 배분한다. 그러니까 바깥일과 집안일 혹은 안사람과 바깥사람을 나누는 그 인위적인 분할이 곧 삶을 규율하는 막강한 권력의 작동으로서 남성과 여성을 계서적인 우열의 관계로 배치한다. 남성의 부재로 인해 안팎을 가르는 위계적인 경계가 무너졌을 때, 여성은 단지 남성이 맡아왔던 일을 대신하는 차원이 아니라, 바깥이라는 남성의 공간지정학 속에서 그 위계적인 안과 밖의 분할에 의해 유지되는 계서적인 젠더 정치와 맞서야만 한다. 이 소설이 바로 그 젠더 정치의 역할을 포착하고 있는 작품이다.

「마지막 선택」은 「아마폴라가 피기까지」와 함께 이른바 노년소설로 읽을 수 있는 작품이다. 이 단편에서도 누군가의 희생을 통해 유지

되는 가족의 약탈적 성격을 확인할 수가 있다. 부모이기 때문에 자식을 위해 희생해야한다거나, 자식이기 때문에 부모를 위해 희생을 감수해야한다는 것은 당연한 가족윤리이기 이전에 의심 가득한 이데올로기이다. 여성의 존재론적 위상을 희생하는 어머니의 자리로 한정시키는 모성 이데올로기의 폭력성에 대한 비판이 그러하듯이, 마찬가지로 부모와 자녀의 가족 구성원에게 각자의 역할을 분배함으로써 희생을 사랑으로 전도시키는 약탈과 착취의 메커니즘에 대한 비판은 정당할 뿐만 아니라 절실하게 요구되는 일이다. "식구들이 다 나가고 한가한 시간에 차 한 잔을 내려 들고 먼 산과 구름을 바라보는 즐거움은 이 집에 이사 와서 누리는 최고의 호사였다. 이런 소박한 평화와 안식이 언제까지 주어질지 알 수 없다. 언제 예상하지 못했던 일들이 일상을 흔들고 균열을 일으킬지 모른다."(48면) 이 소설은 노부부의 유일한 자산인 집을 두고 출가한 아들과 딸이 쟁탈전을 벌이는 꼴불견의 사태를 지켜보아야만 하는 여자의 마음, 그 예민한 심리를 착잡하게 포착하고 있다. 자식들의 푸념과 양심 없는 요구들 앞에서 여자는 미안함과 분노, 안타까움과 자책을 느낀다. 그 미묘하고 복잡한 감정의 선을 따라가면 노년의 삶이라는 현실적이고 사회적인 문제를 마주하게 되는데, 소설은 이처럼 미시적인 심리와 거시적인 사회문제를 연결해 독자들의 공감을 이끌어낸다. 「너무 매운 감자」의 경애 엄마처럼 김현의 소설에서는 잠시 언급되는 주변 인물들에도 각별한 주의가 필요하다. 손자를 돌봐주는 민수 할머니나 재산문제로 아들과 실랑이를 벌이다가 다쳐서 입원한 101동 할머니가 그렇다. 재산을 노리는 자식들과의 불편한 관계, 자식들이 감당해야 할 돌봄 서비스를 대신 떠맡아야 하는 불편한 상황, 그것이 이들에게서 확인되는 노년의 삶이다. 이처럼 가족은 나이와 세대를 넘어 일생에 걸쳐 있는 구조적인 폭력으로써 인간을 규율한다. 국가와 사회가 맡아야 할 공적인 복지의 책임을 사적인 가족의 영역으로 전가하는 것이 근대적 가족의 희생/약탈 시스템을 가동시키는 요체이다.

희생/약탈 시스템으로서의 가족이라는 문제의식을 결혼이주여성을 통해 풀어낸 이야기가 「둘레 식당」이다. "한국에서 펼쳐질 장밋빛 미래를 상상하며 가슴이 터질 듯 부풀었다. 베트남에서 경두와 결혼식을 치를 때만 해도 그 마음에 변함이 없었다. 한국으로 오던 날, 배웅하는 부모와 어린 동생들을 보며 절대 기대를 저버리지 않겠다고 속으로 다짐했다. 그러나 그런 맹목적인 기대가 얼마나 미련하고 어리석었는지 얼마 지나지 않아 알게 되어버렸다."(150-151면) 응안이 베트남에서 한국의 시골마을로 오게 된 것은 '장밋빛 미래'에 대한 기대 때문이었으며, 그 기대는 곧 부모와 어린 동생들의 기대이기도 했다. 다시 말해 응안의 결혼은 가족을 위한 선택이었다. 응안은 기꺼이 가난한 가족을 위해 낯선 남자를 따라 낯선 이국의 땅으로 올 수 있었다. 그러나 남자의 말은 모두 거짓이었고, 그는 가난하고 몸도 성하지 못한 사람이었다. 딸 하나를 낳고 남자는 죽어버렸고, 응안은 치매 걸린 시어머니와 어린 딸을 돌보기 위해 식당일에 나섰다. 베트남의 가족을 위한 선택은 그렇게 또 다른 가족의 덫에 걸려 여자를 불행하게 만들었다. 일하는 식당에서도 여자는 남자들의 희롱을 견뎌내야 한다. 바깥으로 나온 여자들의 노동은 예의 그 안과 밖의 분할에 의존하는 남녀의 젠더적 위계에 의해 남성중심의 어떤 폭력에 무방비로 노출될 수밖에 없다. 이 소설의 북천댁은 역시 중심인물은 아니지만 「너무 매운 감자」의 여자나 경애 엄마처럼 남편의 부재를 감당해 바깥의 노동을 책임지는 삶을 살아온 여성이다. 골칫거리 아들이 있는 것도 꼭 같다. 이렇게 김현의 소설에는 미묘한 차이 속에서도 분명한 반복을 확인할 수 있다. 남자의 부재를 감당해야 하는 여성의 삶, 가족의 아포리아 속에서 헤어나지 못하고 있는 응안에게 상철이라는 견실한 남자가 구애를 한다. 최진희의 〈사랑의 미로〉와 함께 벚꽃 가득한 봄을 배경으로 소설은 로맨스로 흘러갈 개연성이 충분하지만, 응안은 결국 흔들리는 마음을 다잡고 남자의 구애를 받아들이지 않는다. "립스틱 뚜껑을 열려던 응안이 정지 화면처럼 멈칫했다. 꼭 상철과 결혼해야만 행복해지는 걸까? 응안이 한동안 화가 난 것처럼 거울속의 자신을 노려봤다. 눈동자가 불안하게 움직이고 심장의 박동이 빠르게 뛰었다. 응안이 열었던 립스틱 뚜껑을 꾹 눌러 닫았다."(168면) 상철이 건넨 립스틱을 바르고 그를 만나러 나가려던 순간에 마음을 돌린 응안. 그 회심의 의미는 간단하지 않으리라. 그것은 「불안의 정석」에서 여자가 보여주었던 거절과 마찬가지로, 미묘한 내적 갈등 속에서의 결의이며 결단이라는 점에서 분명 정치적인 것이다. 응안의 회심은 다시 결혼이라는 선택,

가족의 틀 안에서 행복을 기대하는 실수를 반복하지 않겠다는 의지의 분명한 표출이다. 응안이 거울 속의 화장한 얼굴을 보고 깨닫게 된 것은 여자의 행복이 남자에 의해, 결혼에 의해, 가족에 의해 결정될 수 없다는 바로 그 당연한 사실이 아니었을까.

「아마폴라가 피기까지」에서 노년의 여성은 당당한 결단으로 자기의 행복을 누군가에게 의탁하지 않는 의연함을 보여준다. 한국에 앞서 노령사회를 맞은 일본에서는 노년의 삶을 다룬 소설이나 영화를 쉽게 볼 수 있다. 영화 〈다마모에〉나 가키야 미우의 장편소설 「며느리를 그만 두는 날」이 모두 남편과의 사별 후에 여성이 자기의 삶을 스스로 되찾으려는 이야기이다. 한국에서도 이런 류의 노년서사 혹은 노년 여성의 서사가 나오고 있다는 것은 징후적이다. 「아마폴라가 피기까지」는 어떤 의미에서 대단히 급진적이다. 지금까지 살펴본 대로 김현 소설의 여자들은 마침내 거절할 수 있게 된 사람들이었다. 「꿈이었을까」의 여자가 남편의 홍매화분에 물을 주는 것을 거부하는 것처럼, 이 소설의 여자는 죽은 남편이 남긴 화분 대신에 산티에고의 아마폴라를 선택한다. 남편이 남긴 금낭화는 꽃말이 '당신을 따르겠습니다'라는 말 그대로 순종의 의미가 노골적이다. 일흔이 넘은 나이의 여자는 이제 그런 순종의 삶이 아니라 스스로 선택하고 결정하는 삶을 살아가려고 한다. "남편이 떠나고 나서부터 수미는 남은 시간은 지금까지와는 다르게 살겠다고 다짐했다."(15~16면) 「불안의 정석」에서 여자가 일본 여행을 통해 기존의 자기를 극복하고 새로운 주체성으로 거듭났던 것처럼 이 소설의 여자는 자녀(가족)의 만류에도 새로운 시작을 위한 순례를 결정한다. "이제부터 시작이야. 새로운 세계로 가서 발자국을 찍듯 입국 도장을 쾅쾅 찍을 거야."(30-31면) 여자는 노년의 재혼을 선택한 친구 명희의 행복을 부러워하기보다 결혼이라는 구속으로부터의 자유에 만족해한다. "구속을 감내할 만큼 사랑하는 걸까? 그 감정은 존중한다 해도 수미는 결코 결혼이라는 제도 속으로 다시 들어가고 싶은 마음은 없었다."(13면) 여자에게도 구애하는 남자가 있었고 그 남자는 좋은 사람이었다. 그렇지만 여자는 자기의 행복을 누군가에게 의탁하고 싶지 않다. 결혼생활의 압력으로부터 자유로워졌지만 여자의 인생은 이제 노년에 접어들었다. 그러나 여자는 늙음을 한탄하는 대신 생의 활력 속에서 남은 생을 만끽하려고 한다. "그렇다 해도 수미는 나이에 함몰되어 아무 것도 하지 않고 주저앉아 무력하게 살고 싶지는 않았다."(13면) 음악교사였던 여자는 자기의 재능을 살려 복지관에서 봉사활동을 하며 보람과 기쁨을 느낀다. 유방암 수술을 했던 명희가 잠자리에서 남편에게 가슴을 보이기 꺼려진다는 고백을 하는 대목은 노년의 성에 대하여, 또 여자의 몸에 대하여 생각하게 하는 부분이다. 남편의 외도로 만신창이가 되어 이혼했다는 명희에게 자기의 몸은 배반당한 그 어떤 것으로서 상처 입은 자존감의 등가물일지도 모른다. 그러므로 재혼한 남자에게 아름답게 보이고 싶다는 그 마음은 자존의 의식이 아니라 타의에 지배당한 피동적인 열정처럼 여겨진다. 무엇에도 구애받지 않는 자유로운 삶을 위해 산티에고 순례를 결정한 여자와는 달리 명희가 생각하는 행복이란 철저하게 남자에 의해 규정되고 결정되는 것처럼 보인다. 순응하느냐 벗어나느냐, 이처럼 두 여자의 남은 인생의 길은 이처럼 크나큰 대비를 보여준다.

3

김현 소설의 여자들은 왜 그렇게 일관되게 거부해야만 하는가. 그런 거부를 단지 가부장적인 가족 이데올로기나 젠더적 편견으로 가득한 세계에 대한 거부이자 저항이라고 설명해버리는 것은 너무 쉽고 나태한 독법이다. 강남역 살인사건, 문단을 비롯한 예술계의 성폭력 고발과 해시태그 운동, 서지현 검사의 증언으로 촉발된 미투 운동이 시작된 2016년 이후를 사는 사람에게 그런 나태는 윤리적으로 용납되기 어렵다. 광주의 5월 이후가 그러했고, 세월호의 침몰 이후가 그러했던 것처럼 2016년 이후의 삶은 우리들에게 그 전과는 전혀 다른 새로운 인식과 새로운 삶의 자세를 요청한다. 그리고 2016년 이후의 한국문학은 쓰는 사람에게나 읽는 사람 모두에게 새로운 자의식과 주체성의 재구성을 요구한다. 솔직히 나는 한국 여성서사의 위대한 성취들을 비롯해, 한국의 페미니즘 이론과 비평이 간난한 상황들을 돌파하며 축적해온 사상적 자원을 제대로 섭취하지도 못한 비평가로서 깊은 부끄러움과 미안함, 자괴감과 두려움을 느낀다. 그러나 단지 그런 감정들에 자족할 수는 없는 일이고, 한 발 내디뎌 구체적인 상황

속에서 자기의 실존을 자각하고 행동하기 위해서는 역시 문학에 잠재하는 공감의 역량에 도움을 얻을 수밖에 없을 것 같다.

김현 소설의 여성들이 그처럼 일관되게 거부하고 있다는 것은, 그것이 단지 해방과 계몽의 기획이 아니라 거부할 수 없이 살아내야만 하는 부당한 현실의 악력이 얼마나 강력한 것인가를 반증한다. 대체로 특정 세대의 여성들에 대한 이야기가 주류를 이루는 가운데, 김현의 소설은 노년의 여성은 물론 이주여성과 5월 광주의 역사적 상흔에 붙들린 여성에 이르기까지 여러 상황 속 여성들의 삶에 섬세한 눈길을 보내고 있다. 물론 김현의 소설에서도 역시 여성소설의 어떤 클리셰에 대한 답습이 보인다. 그러나 남성과의 대립과 대결 속에서 여성의 존재를 위치시키는 분법적인 구도라든가, 여성의 고통과 불행에 초점을 맞추어 피해자로서의 여성상을 강조하는 것을 두고 쉽게 미학적인 결손이라고 지적할 수는 없다. 물론 이런 이원론적 논리를 해체하고 탈중심적 주체성의 복잡성에 근접하려는 포스트모던 페미니즘의 부단한 사상적 분투는 그것대로 중요하다. 그럼에도 그런 익숙한 구도의 반복이 미학적인 약점이라기보다는 여전히 넘어설 수 없는 이분법적인 젠더 정치의 현실이라는 것을 간과할 수는 없다. 더불어 적과 동지의 선명한 구분을 통해 실행되는 정치적인 것의 전략은 그런 단순한 이분법이야말로 유효적절한 쟁투의 방법임을 일깨운다. 따라서 그 사태의 복잡한 매듭을 끊어버리는 단호한 정치적 행동으로서의 선명한 이분법적 구도를 두고, 단지 미학이냐 정치냐의 양자택일로 응수하는 비판은 섣부른 것이라고 하겠다.

　나는 거부하는 여성들, 그 거부의 기호들을 통해 사유하지 않을 수 없게 만드는 김현 소설의 어떠한 힘에 대하여 생각한다. '사유를 강제하는 폭력'으로서의 기호는 주어지는 것이 아니라 만나게 되는 것이다. 그것은 마치 어떤 불법침입처럼 침투하여 내 정신의 나태를 일깨우고 결국에는 사유하지 않을 도리가 없도록 나를 흔든다. 물론 사유의 깊이와 정도는 내 역량에 달려있는 것이겠지만, 그 일관된 거부와 거절의 이야기들은 나의 위험한 젠더적 자의식과 편견에 일침을 고하는 것이다. 마지막으로 다시 들뢰즈의 용법에 기대어 당부하자면, 그 사유 강제의 힘이 몰적인 것이 아니라 분자적인 것으로, 더 가공할 만한 정교한 것으로 작동하기 위해서 작가는 타협하거나 멈추지 말고 더 나아가기를 바란다. 생경한 외래 개념의 번다한 인용과 글 말미의 이런 상투적인 당부에도 불구하고, 그 요청의 진정한 의미를 작가는 충분히 헤아리고도 남으리라.

늦은 오후, 산책길에 나섰는데 놀라운 광경이 눈앞에 펼쳐졌다. 아파트 건너편 먼 산에서부터 시작한 무지개가 끝없이 길게 하늘을 가르고 있었다. 비가 내리지도 않았는데 무지개라니, 뭔가 좋을 일이 일어날 것만 같은 예감이 들었다. 나처럼 산책을 나온 사람들이 너도 나도 휴대폰을 꺼내 셔터를 눌렀다. 평소 여행을 가도 사진을 잘 찍지 않는 나도 행여 무지개가 사라질 새라 황급히 스마트폰을 들이댔다. 정말 무지개는 내가 두세 장 정도 찍고 났을 때 흔적도 없이 사라지고 말았다. 언제 무지개가 떴나 싶게 말간 하늘을 보니 내가 잠시 꿈을 꾼 게 아닐까 하는 생각이 들었다.

소설을 써 보겠다고 습작을 하던 때가 엊그제 같은데 벌써 다섯 번째 책을 내게 되었다. 이 무용한 책을 다섯 권이나 내다니 나도 참 미련하고 어리석구나 싶기도 하다. 이렇게 말해 놓고 몇 년 뒤에는 아마 또 책을 내게 될 것이다. 내 책이 무용하다는 생각과는 별개로 소설 쓰는 일만은 중단하지 않을 것이기에.

소설집을 내기 두어 달 전 쯤 생애 첫 산문집을 세상에 내보냈다. 어쩌다 보니 산문집과 작품집을 연달아 내게 되었다. 감사한 일이지만 동시에 책을 내려니 여러 가지로 마음이 쓰이고 많이 바빴다. 그래도 견딜 만한 건 무슨 조화인지 나도 모를 일이었다. 밥도 돈도 안 생기는데도 말이다.

올 여름은 유난히 무더웠다. 낮에는 물론이고 연일 지속되는 열대야로 잠을 이루지 못한 밤이 여러 날이었다. 그런 무더위 속에 이 책이 만들어졌다.

의자에 앉아 있으면 등에서 장작불을 지핀 것처럼 열이 났다. 냉커피를 연거푸 들이키고 더위와 살바잡기라도 하듯 땀을 흘리며 원고와 씨름했다. 그 결과물들을 이제 내 품에서 떠나 보낸다. 험한 세상에서 어떤 상황과 형편에 처할지는 모른다. 잘 버티고 이겨내 주기를 바란다.

책이 나올 때마다 격려하고 힘을 주는 친구들에게 고마움을 전한다.

출판을 맡아준 글누림 출판사와 더위 속에 꼼꼼하게 교정을 봐준 편집부에 깊이 감사를 드린다.

2019년 7월

김현

김 현

부산에서 출생하고 성장했다.

〈한국소설〉에 단편소설 「식탁이 있는 그림」이 당선되어 작품 활동을 시작했다.
작품집으로 『식탁이 있는 그림』과 『장미화분』, 장편소설 『봄날의 화원』이 있으며
산문집 『나만 아픈 게 아니었어』를 펴냈다.

너무 매운 감자

초판 1쇄 인쇄 2019년 8월 23일
초판 1쇄 발행 2019년 8월 30일

글쓴이 김현
펴낸이 최종숙
펴낸곳 글누림출판사

책임편집 문선희
편집 이태곤 권분옥 홍혜정 박윤정 백초혜
디자인 안혜진 최선주 | **홍보** 박태훈 안현진

주소 서울시 서초구 동광로46길 6-6(반포4동 577-25) 문창빌딩 2층(우-06589)
전화 02-3409-2055(대표), 2058(영업), 2060(편집)
팩스 02-3409-2059 | **전자우편** nurim3888@hanmail.net
홈페이지 www.geulnurim.co.kr
블로그 blog.naver.com/geulnurim
북트레블러 post.naver.com/geulnurim
등록번호 제303-2005-000038호(2005. 10. 5.)

정가는 뒤표지에 있습니다.
ISBN 978-89-6327-583-3 03810

* 이 도서의 국립중앙도서관 출판예정도서목록(CIP)은 서지정보유통지원시스템 홈페이지(http://seoji.nl.go.kr)와
  국가자료종합목록 구축시스템(http://kolis-net.nl.go.kr)에서 이용하실 수 있습니다. (CIP제어번호 : CIP2019032288)

• 본 도서는 2019년 부산광역시, 부산문화재단 지역문화 예술특성화 지원사업으로 지원을 받았습니다.